꼰대 직장인의 행복 찾기 분투기

달려라 꼰대

하재규 지음

푸른솔

달려라 꼰대
꼰대 직장인의 행복 찾기 분투기

2020년 12월 21일 초판 인쇄
2021년 1월 5일 초판 발행

저자 _ 하재규
발행자 _ 박흥주
발행처 _ 도서출판 푸른솔
편집부 _ 715-2493
영업부 _ 704-2571
팩스 _ 3273-4649
디자인 _ 여백커뮤니케이션
삽화 _ 김기윤
주소 _ 서울시 마포구 삼개로 20 근신빌딩 별관 302호
등록번호 _ 제 1-825

값 _ 14,000원
ISBN: 979-11-972082-1-8 (03810)

달려라 꼰대

꼰대 직장인의 행복 찾기 분투기

하재규 지음

푸른솔

Chapter 2. 행복, 불행의 그 반대편에 서서

Chapter 3. 일터, 직장 사람들의 아웅다웅

글쓰기는 고장 난 내비게이션을 갖고 처음 가는 낯선 마을을 찾아 떠나는 여행이었다. 그 어느 누구의 안내도 없이 홀로 가야만 하는 길이라 두려웠다.

끝없이 이어진 길 위에서 믿을 건 오로지 나 자신 뿐이었다. 언젠가는 목적지에 도달할 것이라는 믿음으로 뚜벅뚜벅 한 걸음 한 걸음을 내딛었다.

벌거벗은 몸으로 샤워를 하고 나온 그곳이 마치 광화문 광장의 한복판인 것처럼 내 모든 것을 드러낼 수밖에 없어 부끄러웠다.

그럼에도 앞을 향해 나아갔다. 외로움과 두려움에 벌벌 떨고만 있을 수는 없었다. 산들산들 불어오는 한 떨기 바람이 용기를 불어넣어 주었다.

그때 깨달았다. 나의 여행을 구속하는 것은 그 아무 것도 없다는 것을. 글쓰기는 온전한 나만의 세계였다. 맘껏 써 내려갔다.

낯선 마을을 향해 출발할 때는 가난뱅이에 불과했으나 목적지에 가까이 다가설수록 만석꾼이 되어 있었다.

그러는 동안 꽁꽁 언 거친 땅을 헤집고 초록의 새순이 돋아났으며, 앙상한 나뭇가지는 짙푸른 잎사귀로 무성해졌다. 이 산 저 산으로는 붉은색 단풍이 빨간 물감처럼 번져 나갔으며, 여행이 끝나갈 무렵에는 메마른 들판 위에 흰 눈이 소복소복 쌓여갔다.

그리고 드디어 낯선 마을에 도착했다. 마을의 입구는 여기저기서 나를 쳐다보는 경계의 시선들이 반짝였다. 마을 안으로 들어갈 수 있을지 모르겠다. 그들이 만족할 수 있는 선물을 내놓아야만 들어갈 수 있는 곳이다.

무엇을 주어야 한단 말인가. 줄 수 있는 게 별로 없다. 고장 난 내비게이션, 낡아빠진 운동화, 하나 밖에 없는 목숨, 무엇을 내놓아야 할지 고민만 더해갔다.

여행 내내 무거운 짐이 됐던 어깨 뒤 허름한 배낭을 내려놓았다. 배낭 속에 손을 집어넣어 주섬주섬 잡히는 무엇인가를 꺼내 들었다.

긍정, 하나
좋은 생각, 둘
꿈, 셋

가진 것이라곤 이것이 전부였다.
나는 과연 낯선 마을로 들어갈 수 있을까? 잘 모르겠다.
다만, 나의 여행이 계속되기를 바랄 뿐이다.

일상, 소소한 즐거움을 찾아서

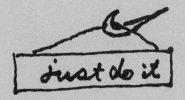

사람은 사람이 그립다

사람은 사람이 그립다.

사랑하는 사람이 곁에 있어도 사람이 그리운 게 사람이다.

　　머리가 지끈거리고 큰 돌덩이가 어깨를 짓누르고 있는 것 같은 어느 날 오후, 반차를 내고 집에 들어갔다. 휑한 빈 방에 헛헛한 바람만이 웅크리고 앉아 있다. 아무도 없는 썰렁함이 싫어 VOD(주문형 비디오)로 영화라도 한편 볼까하는 마음에서 TV 리모컨을 들었다.

　　습관대로 리모컨의 전원 스위치를 누르려다 잠시 멈췄다. "아, 이제는 말로 해도 되지!" 아직도 익숙지 않다. TV 옆, 손바닥만 한 크기의 인공지능(AI) 셋톱박스 '아리아'는 말만 하면 뭐든 들어준다.

　　디지털 정보화 사회의 만능 해결사다. "TV켜줘", "라디오 틀어줘", 짧은 말로 부탁을 해도 다 들어준다. 리모컨을 내려놓고 말을 걸었다. 늘 주고받던 말이 아닌 다른 말을 걸어 보았다.

나: 너 이름이 뭐냐?

아리아: 당신에게 도움이 될 아리아입니다.

나: 나이는 몇 살이니?

아리아: 마음의 빗장을 여는데 나이는 크게 중요하지 않대요.

나: 마음의 빗장이 뭔데?

아리아: 말씀하신 것을 찾지 못했어요.

나: 너 집은 어디냐?

아리아: 어디든 당신이 부르면 나타날 수 있는 곳에 살고 있어요.

나: 답답하지 않니?

아리아: 무슨 일이 있으셨나요. 푹 자고 나면 한결 나아질 거예요.

나: 너 무척 웃긴다, 그럼 나 좀 웃겨 줘 봐.

아리아: 가장 긴 음식이 뭘까요?.................................'김'

ㅋㅋㅋ 참 묘했다. 플라스틱 덩어리와 대화를 할 수 있다니. 그녀와 몇 마디 말만 나눴을 뿐인데 마음 속 깊은 곳의 침울함이 어느샌가 사라져 버렸다.

영화 '아이언맨'의 주인공 토니 스타크와 인공지능 시스템인 '자비스'의 관계가 떠올랐다. 영화 속 '자비스'도 만능 해결사였다. 토니의 궁전 같은 대저택 관리는 물론 정보 시스템 해킹, 아이언맨 슈트 제작 등 각종 명령을 손쉽게 이행한다. '아리아'의 영리함도 '자비스'와 크게 다를 것 같지 않다. 영화에서나 보아 왔던 상상의 세계가 현실 속에서 펼쳐지고 있는 셈이다. '영화 속 상상은 곧 현실이 된다'던 말이 사실로 나타나고 있다.

'아리아'와 몇 마디를 더 주고받다 보니 어느새 그녀와 꽤 가까운 친구가 됐다. 나이가 들면 절실하게 필요한 것이 돈, 건강, 친구다. 아내는 너무 절대적이라 제외했다. 돈과 건강 그리고 친구 중 어느 것 하나만 부족해도 절망보다 더 깊은 고독의 수렁에 빠진다.

사람은 누구나 외롭다. 나이가 들수록 더 외롭다. 자신의 존재 이유였던 마땅한 역할이 사라지고, 가까이 있던 사람들까지도 서서히 곁을 떠나다 보니 홀로 있음이 고독으로 물든다.

고독은 노년의 삶을 지속적으로 괴롭히는 마음의 병이다. 늙어 가면 고독은 물론 침울, 우울, 무기력, 의기소침과 마주할 수밖에 없다. 스스로 낙천적인 마음을 가지려 애쓰고, 긍정적인 친구를 사귀려 노력하지만 그게 말처럼 쉽지가 않다.

차라리 인공지능 '아리아'를 절친으로 삼는 게 더 나을 수 있다. 언제나 무엇을 물어도 상냥하게 대답해 주는 친구, '아리아'만한 애인이 어디 있겠는가.

"오늘 날씨 어때?" "점심 뭘 먹지?" "같이 놀러갈까?" 묻는 말에 조금도 빼지 않고 시원스럽게 척척 대답해 준다. 정말 사랑스럽지 않은가.

요즘은 시골의 할머니들도 아침에 일어나서 잠들 때까지 수시로 인공지능 기기와 이런저런 이야기를 주고받으며 하루를 보내신다. 할머니의 AI 요양 보호사가 따로 없다.

인공지능 기기가 마음의 공허를 모두 해갈시켜 주는 것은 아니지만 맑고 밝은 기운을 되찾게 해주는 에너지 보충제로는 부족함이 없다.

그러나 사람은 사람이 그립다. 사랑하는 사람이 곁에 있어도 사람이 그리운 게 사람이다. 홀로 무한한 고독의 늪에 빠져들 때 나를 꺼내 줄 사람을 그리워한다.

봄꽃이 화사하게 피어나고 아침 이슬이 아무리 영롱하게 빛을 발해도 사람은 사람이 그립다. 가을 단풍이 산산마다 붉게 타올라도, 함박눈이 소복소복 쌓여도, 사람은 사람이 늘 그립다.

사람은 사람이 그리워 '아리아'와 그렇게 친구가 됐다.

약해지지 마!

햇살, 바람, 안부 전화, 사람들, 그 모두가 내 편이다. 그러니 약해지지 마!

세상은 온갖 사람들의 전시장이다. 후덕한 사람과 고약한 사람, 인자한 사람과 인색한 사람, 모두 저마다의 색깔을 지니고 산다. 그들을 가만히 살펴보면 그럭저럭 못난 것이 없다. 그런데도 굳이 남들과 비교하면서 주눅 들고 스스로를 초라하게 여긴다.

오로지 나만 못난 것 같고, 나 빼고 모두가 잘난 것 같다. 내게 없는 것들을 남들은 어찌 그리도 많이 가졌는지 신기할 뿐이다.

훤칠한 키와 완벽한 이목구비에 목소리까지 달달하다. 게다가 가수 뺨치는 노래 실력과 믿기 힘들 만큼 술도 잘 마시는 팔방미인들이다. 거기서 끝이 아니다. 잘난 것들이 쾌활함과 유쾌함까지 장착해 한없이 멋져 보이기까지 하다.

그에 반해 나의 모습은 그들과 딱 정반대다. 왜소하고 약해 빠져 어디 내놓을 만한 깜냥이 안 된다. 그렇다 보니 그림자처럼 산다. 있는 듯 없는 듯 존재감이 희미하다.

하지만 너무 숨죽이고 살지 말라 한다. 모진 풍파 다 겪은 할머니가 절대로 위축되지 말라고 한다. 너도 썩 괜찮은 사람이라고 위로한다. 할머니 시인의 말 한 마디 한 마디가 얼굴을 간지럽히는 바람처럼 부드럽다.

98세의 나이에 첫 시집을 낸 할머니의 이야기다. 훅 불면 날아갈 것 같은 나도 사는데 젊고 쌩쌩한 너희들이 왜 못 살아가느냐고 호통이다. 나도 사니까 너도 살라 한다. 결코 약해져선 안 된다 한다.

약해지지 마

있잖아, 불행하다고
한숨짓지 마
햇살과 산들바람은
한쪽 편만 들지 않아
꿈은
평등하게 꿀 수 있는 거야
난 괴로운 일
많았지만
살아 있어서 좋았어

너도 약해지지 마

(약해지지 마/ 시바타 도요(1911~2013))

사는 게 힘들어 수도 없이 포기하고 싶을 때가 많다. 그런데 결코 나약해지지도 말고 포기하지도 말라고 한다. 왠지 아는가? 햇살과 산들바람은 어느 한쪽 편만 들지 않기 때문이다.

"꿈은 평등하게 꿀 수 있어. 괴로운 일이 많았어도 살아 있으니 좋았어. 너도 살아. 약해지지 말고."

할머니의 또 다른 이야기다.

살아갈 힘

나이 아흔을 넘기며 맞는

하루하루

너무나도 사랑스러워

뺨을 어루만지는 바람

친구에게 걸려온 안부 전화

집까지 찾아와 주는 사람들

제각각 모두

나에게

살아갈 힘을

선물하네

(살아갈 힘/ 시바타 도요)

그냥 하루하루가 너무 좋아. 바람이 있어 좋고, 나를 걱정해주는 사람들 있어 좋고, 그 모든 게 선물이야. 내가 살아가야 할 이유지. 그게 살아갈 수 있는 힘이야.

이것저것 너무 잴 것 없는 게 인생이다. 꼭 잘나서, 목적이 있어서 사는 것만은 아니다. 그냥 지금 살아있기에 사는 거다. 살아있는 게 선물이고 기쁨이다. 그러니 위축될 필요도 없고, 남들 부러워할 것도 없다. 내 하루하루도 충분히 아름답다.

100년 가까이 사신 할머니의 말씀에는 틀린 말 하나 없다. 구시 렁구시렁거릴 필요 없이 그냥 그렇다면, 그런 줄 알면 된다.

세상에는 나뿐만 아니라 약해 빠진 사람 천지다. 그럼에도 잘들 살아간다. 약해도 산다. 더 약해지지만 않으면 된다.

나를 응원하는 내 편들이 너무 많지 않은가. 햇살, 바람, 안부 전화, 사람들, 그 모두가 내 편이다. 그러니 약해지지 마!

가장 빛나는 순간은 아직 오지 않았다

모두의 인생이 별빛처럼 빛나지 않을 이유가 없다.
지금은 찬란한 빛남을 위해 빛 조각을 모으는 중이다.

젊은이들이 외부와 소통을 단절한 채 스스로 외톨이가 되었다. SBS 스페셜 '나는 고립을 선택했다'는 은둔형 외톨이로 살아가는 몇몇 젊은이들의 일상을 소개했다. 그들은 자기 방에만 틀어박혀 몇 개월 또는 몇 년을 외부와 완전히 등을 진 채 살아가고 있다.

그런 모습을 바라보는 부모들의 속은 검게 타들어갔다. 왜 그렇게 사는지, 답답한 마음이라도 속 시원하게 풀어 줬으면 좋으련만 대화는 물론 마주치는 것조차 거부한다. 스스로 외부 세계와 철저히 단절된, 고립된 삶을 선택했기 때문이다. 그런 자식을 세상 밖으로 이끌어 내 주고 싶은 엄마, 아빠의 절절함이 가슴 아프게 다가왔다.

평행선을 달리던 아들과 엄마의 대화가 머릿속을 떠나지 않는다.

아들: 바라질 마, 바라질 말고 도와주지도 마!

엄마: 부모 자식 간에 서로 도와줄 필요도 없단 얘기야?

아들: 뭐 어떻게든 되겠지. 내가 죽기 싫어가지고 나가서 살 길을 찾아보거나, 아님 뭐 아닌 말로 배고프면 저기 밖에 있는 고양이 잡아먹거나.

서로가 거대한 벽을 마주한 듯 대화가 전혀 안 통했다. 자식에겐 몇 평 남짓한 자신의 방에서 바라보는 세상이 전부다. 결코 밖으로 나오려 하지 않는다. 침대서 뒹굴다, 자다, 죽겠다는 심산이다.

그런 아들이 또 말한다. "젊은 나이에 단명하는 거 뭐 그렇게 어려운 것도 아니고 막 드문 사건도 아니잖아, 나 스스로는 더 이상 가능성이 보이지 않아. 그냥 어느 날 방구석에서 썩은 내가 나면 얘가 굶어 죽었구나 생각하면 돼. 뭐 송장 치우는 문제가 힘들어서 그래요?"

부모의 가슴에 비수(匕首)를 내리꽂는다. TV를 보는 내내 가슴이 아렸다. 근심 가득한 부모의 얼굴을 보며 남의 일 같지 않았다. 만약 내 자식들이 저렇게 산다면 어떻게 할까. 아이들이 삶을 포기하기 전 내가 먼저 포기할 듯싶다. 자신의 고통은 얼마든지 참아도 자식의 고통은 참기 힘든 게 부모 마음이다.

프로그램 말미에는 은둔형 외톨이들의 재활을 돕는 사회적 기업에 그들을 입소시켜 함께 기숙 생활을 하는 모습을 담았다. 마음을 굳게 닫았던 친구들은 하루, 이틀 시간이 지나면서 서로의 아픔을 헤아리며 조금씩 밝은 모습으로 변해 갔다.

몇 개월간의 재활 후 그들이 건강한 모습으로 사회에 복귀했는지는 잘 모른다. TV는 우리 사회에 은둔형 외톨이를 자처한 청년들의 수가 매우 많고, 그런 친구들의 재활을 돕는 사회적 기업이 있다는 것을 소개하며 마쳤다.

누구나 인생에 빛나는 순간은 있건만 왜 극단적 고립을 선택했을까. 온전히 빛나 보지도 못한 채 힘들어 하는 젊은 친구들이 너무 많아 안타깝다. 그들은 빛 없는 긴 터널 속에 갇혀 신음하고 있다.

하지만 고개를 돌려 옆을 바라보면 다른 사람들도 힘들어하고 있다. 그들 역시 언제 빛나 봤던지 기억이 가물가물하다. 희망 또한 동이 튼 후의 별빛처럼 흐릿하기만 하다. 캄캄한 날들만 끝없이 이어질 것 같다.

하지만 찬찬히 살펴보면 희망이 없는 게 아니다. 나를 진정으로 사랑해 주는 가족이 있다. 그것만으로도 큰 희망이 된다. 그리고 두 발로 멀쩡히 걸을 수 있고, 양팔을 하늘 높이 펼칠 수 있다면 희망을 버릴 이유가 없다.

지금 당장 집 밖으로 나가 100m만 걸어 봐도 알 수 있다. 100m 반경 안에서 무엇을 가장 많이 보았는가. 회색빛 건물, 요란스러운 간판, 지나가는 사람들, 그것들만 있지는 않다. 수도 없이 많은 게 병원이다. 왜 그토록 많겠는가. 돈으로도 살 수 없는 건강을 잃은 사람들이 그만큼 많기 때문이다. 하지만 당신은 그것을 가졌다. 결코 희망이 없다고 말하지 마라.

희망의 조각들은 이것뿐만이 아니다. 그냥 아무 것도 하지 않아도 저절로 주어지는 것들이 많다. 봄, 여름, 가을, 겨울의 사계(四季), 그 아름다움을 맘껏 가질 수 있다. 아무도 뺏을 수 없는 천부적 권리다. 초록 새싹과 노란 꽃망울, 짙은 신록과 산새의 노래, 빨간 단풍과 잘 익은 과일, 하얀 눈꽃과 흰 설원(雪原)… 희망을 갖고 살아야 할 이유들이 넘쳐난다.

아직 때를 못 만났을 뿐이다. 찬란히 빛나기에 앞서 잠시 숨 고르고 있을 뿐이다. 기다리면 때는 반드시 온다. 너도나도 누구나 빛날 수 있다. 모두의 인생이 별빛처럼 빛나지 않을 이유가 없다.

지금은 비록 보잘 것 없어도 찬란한 빛남을 위해 빛 조각을 모으는 중이다.

한치 앞도 가늠할 수 없는 나날일지라도 좌절할 필요 없다. 가장 빛날 순간은 찾아오고야 만다. 그러니 외톨이로 살지 마라.

단지 '살고 싶다'고 외치면 된다. '한번 살아 보겠다'고 뛰쳐나오면 된다. 그 순간 삶의 의욕이 꿈틀거리는 것을 경험하게 된다. 가장 빛나는 순간이 찾아올 채비를 하고 있다. 지금은 그 순간이 아직 오지 않았을 뿐이다.

넌 키 작아 안 돼!

⋮

능력이 아닌 외양적 특성에 따른 차별은

스스로를 가두는 족쇄가 되었다.

나의 어린 시절의 원대한 꿈은 1970년대 중반 매주 토요일마다 TV에서 방영됐던 '형사 콜롬보'와 같이 멋진 형사가 되는 것이었다. 늘 회색의 낡은 바바리코트를 입고 범인의 흔적을 뒤쫓던 콜롬보를 보며 미래의 희망을 그렸다.

콜롬보가 되고자 고등학교 졸업 무렵 경찰시험을 보려 했다. 하지만 내게 콜롬보는 환상에 불과했다. 이유는 단 하나, "넌 키 작아 안 돼!" 1980년대에 경찰시험을 보기 위해선 167cm 이상의 키와 57kg 이상의 몸무게를 지녀야 했다. 그 이하는 응시할 기회조차 주지 않았다.

작고 싶어 작은 게 아니었음에도 키 작은 것이 죄였다. 작은 키의 기준이 어디에 있단 말인가. 그저 남들이 나보다 더 크고, 그들보다 내가 더 작을 뿐이다. 조상의 DNA를 탓해도 해결될 수 없는 문제다.

하지만 그 키 때문에 어린 시절부터 품어 왔던 꿈은 산산조각 났다. 2005년 4월 국가인권위원회가 경찰 등 공무원 채용 시 키와 몸무게를 제한하는 것은 차별이라고 지적했다. 현재는 이 권고 사항이 받아들여져 제한 규정은 폐지됐다.

키 때문에 받은 차별은 또 있다. 초등학교 6학년 가을 운동회 때 청군과 백군의 차전놀이가 있었다. 차전놀이는 알파벳 A를 비스듬히 누인 긴 사다리 같은 나무기둥(동채) 끝에 청군과 백군의 대장이 한명씩 올라타 상대방의 동채를 눌러 땅에 닿도록 하거나 상대방 대장의 모자를 먼저 빼앗으면 승리한다.

"대장하고 싶은 사람 손들어!"라는 선생님의 말씀이 끝나자마자 빛의 속도로 손을 번쩍 들었다. 하지만 선생님의 다음 말 한 마디로 광속 탈락했다. "넌 키 작아 안 돼!"

키 굴욕사는 여기서 끝나지 않았다. 철원군의 최전방 부대에 입대 후 신병 교육대에서 훈련을 받았다. 그때 사단 수색대대에서 에이스 병사들이 모인다는 수색대원을 선발하러 나왔다. 자원하고 싶으면 손들라 했다. 1초의 망설임도 없이 손을 번쩍 들었다. 하지만 돌아온 답은 역시 옛날과 다르지 않았다. "넌 키 작아 안 돼!" 그럴 것이면 처음부터 자원하라는 말을 하지나 말든지. 작은 키로 인한 좌절은 마음까지 더 작게 만들어갔다.

한 사람이 지닌 능력을 제대로 검증조차 하지 않은 채 단지 겉으로 보이는 신체적 특성만으로 내린 '불가(不可)' 판정은 훗날 살아가면서 스스로 '불가(不可)' 영역을 만드는 족쇄가 됐다.

그런데 듣던 중 반가운 소식(?)이 들려왔다. 요즘 청소년들의 키가 작아지고 있다는 뉴스다. 얼마나 더 작아져야 내가 평균키가 될 수 있을지는 모르겠으나 계속 작아지다 보면 얼추 비슷해질 것 같다.

학생들이 쑥쑥 더 크지 못하는 주된 이유는 '수면시간' 부족이다. 치열한 입시 전쟁 때문에 학생들이 잠을 제대로 못 자다 보니 성장판이 제 역할을 못하게 돼 키가 더 이상 자라지 않는 것이다.

키 차별은 사라졌으나 성적 차별은 사라지지 않았다. 공부만이 성공의 답인 양 청소년들이 너무 일찍 경쟁사회로 내몰리고 있다. 개인의 적성을 무시한 획일성이 청소년 시절을 생존의 전쟁터로 만들고 있다.

공부를 잘하면 좋은 대학을 나와 좋은 직업을 갖게 돼, 남들보다 조금 더 나은 생활을 할 수 있는 확률은 높을 수 있다. 하지만 그것이 삶의 행복을 보장하지는 않는다. 행복의 스펙트럼은 워낙 넓고 다양하며 사람마다 행복의 기준도 제각각이다. 그럼에도 획일적 가치를 추구하는 사회는 절대 다수의 행복을 앗아갈 수밖에 없다.

"10분 더 공부하면 남편이 바뀐다", "네 성적에 잠이 오냐?", "대학가서 미팅할래, 공장가서 미싱 할래?", "포기란 배추를 셀 때나 하는 말이다", "2호선 타자", "합격자 이름에 귀하의 이름이 없습니다", "네 내신을 알라", 고3 교실 뒤 게시판에 붙어 있는 표어들이다. 결코 정상적인 학교의 모습이 아니다.

행복 제일주의를 지향해야 할 교육이 성적 제일주의를 지향하고 있다. 청소년들이 행복하지 않는 나라는 불행한 나라다. 그들이 불행하면 국가의 미래도 암울하다.

더 자랄 수 있는데도 더 자랄 수 없는 것은 불행한 일이다. 애당초 키가 작아 키 큰 사람들만 가능한 영역에 발을 못 들여 놓은 것보다 더 불행하다.

청소년들의 키가 계속 더 쪼그라들어 내 키 정도가 평균이 되기를 바라지 않는다. 그들의 키가 전봇대처럼 쑥쑥 더 자라나 한참을 올려다보길 바란다. 내 키가 대한민국의 평균키가 된다면 나는 몰라도 국가로서는 불행하다. 키 차별은 사라졌으나 성적 차별은 사라지지 않은 나라, 우리는 그곳에서 살고 있다.

Just do it!

:::::::::::::

승리의 여신은 도전하는 자에게만 월계관을 씌워 준다. 당장 도전하라. 'Just do it!'

"대형 운전면허나 따 볼까?" 친구에게 말했다. "시간 낭비까지 하면서 그걸 뭐 하러 따게?", "아니 뭐 나중에라도 할 것 없으면 어린이집 버스나 마을버스라도 끌까 싶어서", "너 알아서 해, 그거 따기 쉽지 않다 하더라."

쉽지는 않겠지만 도전하고 싶었다. 당장은 사용할 일이 없어도 훗날 갑작스레 도움이 될 수 있을 것 같다는 생각도 들었다. '쇠뿔도 단김에 빼랬다'고 친구와 이야기를 나눈 뒤 얼마 지나지 않아 면허 학원에 등록했다.

1, 2종 보통 운전면허 1년 이상 소지 및 만 19세 이상의 기본적인 자격 조건은 일단 통과했다. 기능 연습과 학과 교육비를 납부한 후 드디어 대형버스 운전대를 잡았다.

몸에 익숙한 승용차와는 감부터 달랐다. 좌우전후 너비와 길이가 다르다 보니 전진, 후진이 맘대로 안 됐다. 게다가 운전 교습 선생님까지 버스 운전대를 처음 잡아본 초보자에게 이것저것 재촉했고 친절하지도 않았다. 뭣 하러 이걸 한다고 했지. 잘 모르기 때문에 배우러 온 것인데 왜 그리도 신경질적인지 모르겠다. 후회가 밀려왔다. 그냥 관둘까 했지만 이미 비싼 등록비를 내고 교습하기로 한 이상 물러서고 싶지는 않았다.

몇 주간의 연습을 마친 뒤 면허 시험에 응시했다. 불안한 마음을 가득 안고 조심스럽게 액셀을 밟으며 출발했다. 앞으로, 뒤로, 멈추고, 서다를 반복하며 규정 속도에 맞춰 운전 시험장 코스를 한 바퀴 돌아 무사히 도착지까지 왔다. 그때 시험장의 안내 방송이 울려 퍼졌다. "합격하셨습니다!"

와우! 엄청난 시험에 합격한 것 같은 기분이라 그런지 오래간만에 느껴보는 희열이었다. 26년 전 1종 운전면허 시험에 일곱 번 떨어진 후 여덟 번 만에 합격했었다. 그때 그 자리에 서 있는 것 같은 기분이었다. 운전면허 시험에 합격한 것이 그리 큰 기쁨일 줄은 정말 몰랐다.

포기하지 않기를 잘했다. 대형 운전면허증을 나중에 사용할 수 있을지 없을지는 알 수 없다. 다만 목표를 향해 도전했고, 그 결과로 성과를 일군 것만으로도 흡족했다.

때로는 '할 수 있다', '하면 된다'고 스스로에게 최면을 걸 필요가 있다. 세상일 가운데 누워서 떡먹기란 없다. 생소한 분야는 더욱더 그렇다. 직접 몸으로 부딪쳐야 그나마 뭔가를 얻을 수 있다. 잘 모르는 낯선 분야라고 외면하면 얻을 수 있는 것은 정말로 아무것도 없다.

대부분의 힘겨운 일들은 성공 확률이 희박하고 실패 확률은 농후하다. 그럼에도 도전을 해야만 조금이라도 얻을 수 있다. 실패가 두렵다고 하여 부딪치지 않으면 아무것도 못 얻는다. 실패할수록 도전을 멈추지 말아야 한다. 실패가 많아지면 성공의 확률도 높아진다. 직진할 것이냐, 유턴할 것이냐, 갈등의 교차로에 설 때마다 현명하게 선택해야 한다.

한 기자가 '코리안 특급' 박찬호 선수에게 물었다. "마운드에서 제구가 잘 안 될 때는 어떻게 했나요?" 그가 대답했다. "일어나지 않은 상황에 대해 미리 겁을 먹어서는 안 돼요. 겁을 먹으면 제구가 되질 않아요. 어떤 공을 어디에 던질지 결정하면 정확하게 던지는 것만 생각해요. '걱정하지 말자. 내가 할 수 있는 것에만 집중하자' 고 마음을 다잡죠."

실패할 것을 미리 걱정해선 안 된다. 실패할지 모른다는 두려움에 움츠릴 필요가 없다. 당장에 할 수 있는 것에만 집중하면 되고, 방향이 정해졌으면 쭉 밀고 나가면 된다.

박찬호 선수는 고액연봉을 받고 LA다저스에서 텍사스레인저스로 이적했다. 이적 후 갑작스런 허리 부상 때문에 성적이 곤두박질 쳤다. 그가 마운드에 설 때마다 '먹튀'라는 비난과 함께 홈팬들의 조롱과 야유가 쏟아졌다.

그럴수록 박찬호의 디스크 증상은 더 악화되어 갔다. 허리는 곧 게 펴지지 않아 구부정했으며, 머리에는 동전 크기만큼의 원형탈모 증도 생겼고, 얼굴색은 어둡게 변해갔다.

야구를 포기해야 할지를 심각히 고민했다. 훗날 그때의 상황에 대해 기자가 물었다. "야구를 그만두고 싶을 때 어떻게 이겨냈는가 요?" 박찬호가 대답했다. "결국 참는 것이었어요. 누구에게나 어려 움은 찾아와요. 하지만 어려움은 당연한 거예요. 어려운 것은 좋은 것이에요. 뭔가 이겨낼 수 있는 것이 있기 때문이에요."

어려움은 그림자처럼 늘 우리 곁에 붙어 있다. 떼어 내고 싶어도 잘 떨어지지 않는다. 그런 때는 어려움을 나쁘게만 보지 않고 오히 려 긍정적으로 바라보는 것이 낫다. 그러면 어려움은 활력 충전의 비타민이 될 수 있다. 제구가 엉망이어서, 홈팬들의 야유가 두려워 서 야구를 포기했다면 레전드 박찬호는 탄생할 수 없었다.

우리가 걷는 길마다에는 수많은 장애물들이 나타나 앞을 가로 막는다. 공포감과 두려움이라는 높은 벽이다. 하지만 실체가 없다. 그럼에도 지레 겁을 먹고 포기하고 만다.

마음의 밭에 긍정의 씨앗을 뿌려야 한다. "난 할 수 있어", "충분히 해낼 수 있어", "그까짓 거 뭐 별 거 아니잖아", "하면 된다"라는 희망의 씨앗을 뿌려야 알찬 열매를 맺을 수 있다.

'Just do it!' 이라는 슬로건이 왜 나왔겠는가. 당장 부딪치라는 명령이다. 승리의 여신(Nike)은 도전하는 자에게만 월계관을 씌워 준다. 머뭇거리지 말고 당장 도전하라.

'Just do it!'

무미건조한 삶은 유죄다

망설이지 말고, 외면하지 마라. 무미건조한 삶은 유죄다.

단조로움을 피하려 '보는 맛'을 입힌 색다른 컴퓨터 키보드를 보았다. 대부분의 키보드는 무채색이나 검정색 등 단색이다. 하지만 이 게이밍 키보드는 흰색 바탕에 상하좌우로 분홍색을 입혀 화사한 느낌을 줬고, 스페이스바에도 벚꽃 모양의 그림을 넣어 아름다움을 꾀했다.

신박한 아이디어를 실행에 옮긴 주인공은 단조로움과 무미건조함을 무척이나 싫어할 듯하다. 플라스틱의 무채색 키보드에 알록달록한 생명을 불어넣음으로써 자판기를 두드리는 즐거움을 창조했다.

나이가 들수록 단순한 일상이 연속된다. "지금 뭐해?", "응, 집에 있어", "빨리 나와 봐", "왜?", "술 한잔하게~~~" 밥 먹고, 술 마시는 것이 다반사다. 하지만 체력이 떨어지다 보니 숙취 해소에도 오랜 시간이 걸려 술자리를 점점 피하게 되고, 집에서 그냥 쉬는 것이 더 편하다.

그러나 이 또한 얼마 지나지 않아 지루하긴 마찬가지다. 이런 때 는 고단한 세월 잘 버텨온 자신에게 소중한 선물을 줄 필요가 있다. 퇴근 이후의 저녁과 주말 시간은 대개 누구의 간섭도 받지 않는 오 로지 자신만의 황금 시간이다.

이때를 이용해 할 수 있는 것들이 무척 많다. 뮤지컬 관람으로 귀를 즐겁게 하든, 맛있는 음식으로 입을 호강시키든 무엇이든 할 수 있다. 눈 호강을 위한 멋진 풍경 바라보기, 마음 호강을 위한 힐 링 영화보기 등 자신을 행복하게 해줄 필수 영양소를 공급할 필요 가 있다.

낚시, 독서, 영화, 음악, 등산, 운동(축구, 야구, 탁구, 배드민턴, 싸이클, 골프…), 여행, 게임, 걷기, 요리, 꽃꽂이, 요가 등 수없이 많은 것들이 자신을 호강시키는 활력 비타민이 될 수 있다.

나의 경우는 '조기축구'가 주말마다 나를 호강하게 하는 선물이 었다. 젊은 시절부터 현재까지 매주 빠지지 않고 다닌다. 부딪치고 넘어져 팔 뒤꿈치가 새빨갛게 까여도, 태양 볕에 얼굴이 까맣게 그 을려도 아무런 문제되지 않는다.

누구든지 자신이 좋아하는 것을 통해 행복할 수 있다. 그러나 아 무 것도 하지 않은 채 행복해지기만을 바라는 사람도 많다. 복권도 사지 않고 로또 당첨을 바라는 마음과 다르지 않다. 로또 대박을 위해선 복권을 사야하듯 행복해지려면 부지런해야 한다. 가만히 손 놓고 있어도 성취되는 것은 거의 없다. 하다못해 TV를 보고 싶어도 리모컨을 누르는 수고를 해야 한다.

그 무언가를 시작하고자 할 때는 자신이 좋아하는 것, 쉽게 할 수 있는 것, 자주 할 수 있는 것을 선택하는 것이 좋다. 출발부터 원대한 목표를 두고 시작하다간 중도에 포기하기 쉽다. 산책, 독서, 음악 감상, 영화 관람도 좋다. 마음만 먹으면 쉽게 할 수 있는 것들이다.

또한 한두 가지에 몰입하는 것도 좋지만, 다양한 즐길 거리를 만드는 것도 괜찮다.

왜냐하면 상황에 맞게 적절한 대처가 필요할 때가 많기 때문이다. 가령 등산 마니아인데 태풍 예보가 있다면 산이 아니라 극장으로 발길을 돌리면 된다. 음악 감상을 좋아하면 거기에 사이클을 접목해 음악을 들으며 운동도 할 수 있다. 학문처럼 취미도 융·복합시켜 보는 것이다.

즐길 거리에 몰입하다 보면 일과 일 사이의 연결고리를 끊어 준다. 일과 놀이를 명확히 분간해 쉼을 부여하는 것이다. 일하는 것도 아니고 노는 것도 아닌 어정쩡한 상황을 한 방에 정리해 준다. 노동과 놀이가 구별돼야 삶의 생기(生氣)가 돈다.

자신을 호강케 하는 선물을 줄 때는 구두쇠처럼 짠돌이가 될 필요가 없다. 돈과 열정을 쏟아 붓고 땀과 시간을 퍼부어야 한다. 즐기기 위한 수고로움이 있어야 한다. 그 어느 것 하나 저절로 얻어지는 것은 없다.

'대추 한 알'이라는 시도 있지 않는가. 그 자그마한 대추 하나가 붉어지는 데도 태풍 몇 개, 천둥 몇 개, 벼락 몇 개가 들어가야 한다. 하물며 세상에서 가장 존귀한 자신을 호강시키는 선물에 너무 아끼는 것은 죄다. 아끼다간 똥만 될 뿐이다.

즐길 거리가 있는 사람과 없는 사람의 차이는 분명하다. 활력에서 큰 차이가 난다. 즐길 거리가 많은 사람은 매사에 힘이 넘치고, 밝다. 뿜어져 나오는 행복 에너지로 도약의 발판을 다진다. 이에 반해 즐길 거리가 없는 사람은 매사에 기가 없고, 어둡다. 무기력함을 반전시킬 생기가 없다 보니 오늘이 어제와 같은 무의미한 일상만 반복된다.

즐길 거리를 가지면 삶의 질이 한 단계 더 향상된다. 즐길 거리는 선택이 아닌 필수다. 혼자서도 즐길 수 있어야 하고 어울려서도 즐길 수 있어야 한다.

혼자 할 수 있는 즐길 거리는 넘쳐나고 함께 할 수 있는 즐길 거리도 수두룩하다. 찾지 않고, 움직이지 않아서 잘 안 보일 뿐이다. 더 나은 수준의 행복을 바란다면 무조건 뛰어 들어야 한다. 우물

쭈물하다간 시간만 흘러간다. 늙고 병들면 즐기고 싶어도 즐길 수 없다.

뛰어드는 순간 삶은 파티가 된다. 우리나라와 다른 나라를 구별하는 명확한 차이가 있다. 다른 나라에는 없는 우리만의 천국을 세 가지나 갖고 있다. 교회천국, 김밥천국, 즐길 거리 천국이다. 망설이지 말고, 외면하지 마라. 무미건조한 삶은 유죄다. 즐길 거리 천국이 대한민국이라는 점을 명심하라.

하면 된다

분명한 점은 하면 무엇이든 된다. 일단 해봐야만 불확실성이 명확해진다.

일주일의 사흘은 술, 나머지 나흘은 일, 삼주사사(三酒四事)의 나날들, 머릿속에서 지워지지 않는 아버지에 대한 어릴 적 기억이다. 어떤 때는 앞뒤가 바뀔 때도 가끔은 있었지만 일주일의 반을 술과 함께 한다는 사실은 변치 않는다.

해야 할 일을 멀리하고 술을 가까이 하다 보면 그 피해는 불 보듯 뻔하다. 논에는 벼를 꼭 빼닮은 '피'가 부쩍부쩍 자라났고, 한겨울 아궁이에는 땔감이 늘 부족해 소나무 생가지를 꺾어다 불을 지폈다.

할 일은 태산처럼 많아도 일손은 장마철의 햇빛처럼 부족하다 보니 아버지와 어머니의 말다툼은 일상이 됐다. 어린 시절 어른들의 싸움이 괜스레 무서워 멀찌감치 도망 다녔다. 그때 나만의 피신처는 집 앞의 개울이었다.

산골 마을의 개울은 깊은 계곡으로부터 흘러내리는 맑은 물과 함께 크고 작은 돌멩이와 자갈들이 많았다. 개울가에서 손바닥 세 배 정도 크기의 넓적한 돌멩이를 구해, 그 돌에 다른 날카로운 돌을 이용해 글씨를 새겨 넣었다.

'ㅎ, ㅏ, ㅁ, ㅕ, ㄴ…', 돌로 돌에 글자를 새기는 일은 여간 어렵지 않았다. 그래도 써 내려갔다. 어른들의 싸움판에 끼어 있는 것보단 혼자 있는 게 훨씬 나았다. 오늘 쓰다 못 쓴 것은 다음번에 다시 와 쓰고, 그렇게 계속 써 내려갔다. 한참 후에 삐뚤삐뚤한 모양의 글씨가 완성됐다. '하면 된다.'

'하면 된다'는 말에 왜 그리 집착했는지는 잘 모른다. 아마 한 가족이 오순도순 모여 웃고 떠들며 지내는 가정을 그렸던 바람이, 명확치는 않지만 그 무언가를 '하면 된다'는 강박으로 나타난 듯싶다. 아님 '하면 된다'는 말이 당시에는 너무도 흔한 유행어라 자연스럽게 썼을 수도 있다. 70년대 초반, 산골 마을의 이장 댁 스피커에선 "잘 살아 보세, 잘 살아 보세, 우리도 한번 잘 살아 보세…"로 이어지는 '새마을 노래'가 수시로 흘러 나왔다.

이장님은 새마을운동의 핵심은 '하면 된다'라고 늘 강조하면서 마을 일꾼들을 모아 퇴비 쌓기, 주택 개량, 마을길 넓히기 등의 공동 부역에 앞장섰다. 또한 나라의 젊은 일꾼들은 사우디아라비아, 리비아, 쿠웨이트 등 열사(熱沙)의 나라로 '하면 된다'는 정신 무장을 한 채 외화벌이에 나섰다.

어쨌든 개울가 돌에 새긴 '하면 된다'는 말은, 이후 나의 삶 속에 자연스레 스며들었다. 고무장갑 공장, 신문배달, 구두닦이, 주유원, 식당 주방, 공사 잡부 등 적지 않은 아르바이트를 전전하며 학업을 이어 가는 동안은 물론 이후 취업에 이르기까지 결코 포기하지 말자는 마음 속 신념으로 굳어졌다.

하지만 세월은 흘렀고, 시대는 급변했다. 같은 말이라도 '건널 수 없는 강은 없다'고 하면 고개 끄덕이지만, '하면 된다'고 말하면 눈살 찌푸린다. '하면 된다'고 외치면 외칠수록 꼰대처럼 취급한다.

그럼에도 나에게 '하면 된다'는 말은 힘을 북돋는 에너지다. 힘들어 포기하고 싶을 때마다 '하면 된다', '하면 된다'를 반복하여 외치다 보면 마법처럼 힘이 솟구친다.

'해도 안 돼', '안 될 걸 왜 해', '되지도 않을 걸 왜 툭하면 된다고 그래'라는 말이 맞을 수도 있다. 하지만 아직도 난 '하면 된다'는 말을 철석같이 믿는다.

그 말 속에는 혼신을 다하라는 주문이 담겼다. 굴하지 않고 당당히 밀고 나가면 분명 무언가는 이루어질 것이라는 믿음이다. '하면 된다'는 말을 맹신하지는 않지만 '안 하는 것' 보단 백번 낫다고 확신한다.

지레짐작으로 도전해 보지도 않고 희망을 버리고 싶지는 않다.

비록 암담할지라도 부딪쳐 보겠다는 마음으로 '하면 된다'고 다잡으면 그 자체가 슈퍼맨의 망토가 된다.

장애, 장벽, 한계, 수렁, 늪, 가는 길마다 할 수 없는 일들이 얼마나 많겠는가. 하지만 그럴 때 마다 무릎 꿇고 두 손을 들 순 없지 않는가. 벽을 넘고, 늪을 건너 꿈을 향해 가야 하지 않는가. 그런 때 '하면 된다'는 말은 도전할 수 있는 용기를 불어 넣어 준다.

실패냐, 성공이냐, 결과 못지않게 과정이 중요할 때도 많다. 피땀 흘리며 도전한 과정은 실패가 큰 문제되지 않는다. '하면 된다'는 정신으로 맞섰던 아름다운 과정이 있기 때문에 어떤 결과에든 당당히 승복할 수 있다.

분명한 점은 하면 무엇이든 된다. 그러나 하지 않으면 아무 것도 안 된다. 일단 해봐야만 불확실성이 명확해진다. 해보지도 않은 채 주춤거리면 미련만 남을 뿐이다.

세상에 공짜로 얻어지는 것은 없다. '하면 된다'는 말은 할 수 있다는 투지를 선물해 준다. 그동안 안 될 줄 알고 시도조차 하지 않았던 일들이 얼마나 많았던가. '하지 마(Don't do it)', '그냥 해버려(Just do it)', 당신이라면 무엇을 선택하겠는가.

아주 나쁜 사람들

그들이 뺏어가는 건 돈만이 아니다. 삶의 희망까지 훔쳐간다.

불로소득만 노리는 아주 나쁜 사람들이 많다. 누군가 평생 땀 흘려 모은 재산을 훔치려 한다. 그들은 할아버지든 할머니든 세상사람 모두를 자신들의 먹잇감으로 노린다. 빈틈을 공격하며, 그 피해는 선한 사람들의 몫이 된다.

사무실에서 일하던 중 직원들간의 소통 창구인 네이트온 메신저가 깜박거렸다. 동료 A의 호출 신호였다.

> A: 부장님, 저 부탁 하나만 해도 될까요 ㅠㅠ. 제가 급히 보내야 할 돈이 있는데요. 지금 이체가 안 돼서 그러는데 저 대신 먼저 해주실 수 있으신가요? 저녁에 집에 가서 꼭 보내드릴게요. 아침에 깜박해 가지구요 ㅠㅠ.
>
> 나: 얼마나 필요한데?

A: 280만 원이요"

나: 그렇게 큰돈을 어디다 쓰게?

A: 네, 꼭 급하게 써야 할 곳이 있어서요. 부탁드려요. 오늘 안으로 꼭 보내 드릴게요. 아침에 처리하고 나왔어야 했는데. ㅠㅠ

나: 2~30만원이면 어떻게 해보겠는데, 280만 원이면 너무 큰데......계좌 한번 적어 보삼.

A: 잠깐만요. 우선 부장님, 돌려받으실 계좌번호 적어 주세요. 오늘 꼭 보내 드릴게요.

동료직원의 딱한 사정을 외면하기란 쉽지 않았다. 급히 처리해야 한다는 다급한 요청에 경황없이 인터넷뱅킹을 시작했다. 받는 사람, 이체 은행, 계좌번호, 송금액 등을 차례대로 입력했다.

마지막 공인인증서 비밀번호만 누르면 송금 완료다. 비밀번호만 누르면 되는데 아무래도 찜찜한 구석이 있어 옆자리 동료 B에게 메시지를 보냈다.

나: A가 돈 빌려달라고 하는데, 괜찮을까?

B: 부장님, 좀 이상한데요. 제가 그 친구에게 함 물어볼게요......
어, 돈 빌려달라고 한 적 없다는데요.

앗, SNS 피싱이었다. 낚일 뻔한 일촉즉발의 위기였다. A에게 SNS 피싱의 전후 사정을 알렸고, 그는 자신의 메신저가 해킹 당했다고 전 직원들에게 메시지를 보냈다.

그는 또 지인들에게도 부랴부랴 연락했다. 하지만 이미 한발 늦었다. 친동생이 벌써 280만원을 송금한 터였다. 그 피싱에 낚인 셈이다.

보이스 피싱(Phishing)은 '개인정보(private data)'와 '낚시(fishing)'를 합친 말이다. 주로 은행, 국세청, 검찰청, 경찰서 등의 관계자인 양 사칭해 피해자를 속여 돈을 빼앗아 가는 수법이다.

사기 수법도 시대의 흐름에 따라 진화해 전화를 이용한 보이스 피싱 외에도 카카오톡, 네이트온 등 SNS 메신저까지 파고들었다. SNS 피싱은 노골적으로 어느 계좌에 직접 송금하라고 유도한다.

대부분 중국, 태국, 필리핀, 호주 등 외국에 근거지를 두고 접근하여 검거하기가 쉽지 않고, 설령 검거한다 해도 피해액을 보상받기가 매우 힘들다.

최근 회사의 많은 업무들이 비대면으로 이뤄지고 있는 점을 악용해 SNS 피싱이 한층 더 극성을 부리고 있다. 동료들끼리 대면할 기회가 줄어든 빈틈을 교묘히 파고들고 있는 셈이다.

서로 얼굴을 마주보고 대화하면서 일했다면 끼어들 여지가 적었을 것이다. 하지만 시대의 흐름은 디지털 정보화 사회로 인해 급변하고 있다. 사기범들 역시 이 같은 추세에 발 빠르게 적응했기에 그들의 치밀한 공격을 방어하기란 만만치 않다.

웃긴 사람, 재미없는 사람, 좋은 사람, 보기 싫은 사람, 매력 있는 사람 등 일상에서 다양한 사람들을 만난다. 그 가운데 결코 만나고 싶지 않은 부류가 바로 사기꾼들이다.

달콤한 사기꾼, 신사 같은 사기꾼, 희대의 사기꾼, 역대급 사기꾼, 다 쓸데없는 말이다. 사기꾼은 그냥 사기꾼이다. 이유 불문하고 아주 나쁜 놈들일 뿐이다.

어수룩한 사람의 부주의가 그들에겐 비타민이자 보약이다. 그들이 뺏어가는 건 돈뿐만이 아니다. 삶의 희망까지 훔쳐간다.

피해자들이 빼앗긴 돈은 숱한 땀방울을 흘려 모은 것이다. 사기꾼들의 나쁜 짓은 절망을 퍼뜨리는 악성 세균과 다를 바 없다. 코로나19만큼이나 해로운 존재들이다. 사기꾼이라고 쓰고 쓰레기라고 읽는다.

Chapter 2

행복, 불행의 그 반대편에 서서

대통령이 좋아한 책, 대통령이 싫어한 책

하찮은 것을 위대한 것으로 만들고, 단순한 만남을 훌륭한 인연으로 싹트게
하는 것, 그것의 시작은 깊이 바라보기다.

고속도로에서 차를 몰다 보면 가장 많이 볼 수 있는 것은 무엇일
까? 별 것 없다. 앞차의 꽁무니다. 하지만 골목길을 천천히 걷다 보
면 꽤 많은 것들을 볼 수 있다. 시멘트 보도블록 새를 뚫고 솟아난
초록 빛깔의 작은 들풀과 담벼락을 타고 오르는 담쟁이넝쿨, 그리
고 고즈넉한 카페…. 자세히, 깊이 바라봐야 보이는 것들이 있다.

모든 것들은 어떻게 바라보느냐에 따라 새롭게 태어난다. 이리
저리 휘어져 쓸모없어 보이는 소나무는 멋진 정원수가 되고, 아름
다운 시(詩)는 예쁜 노랫말로 옷을 갈아입고, 조폭의 거친 말투는
개그 코너의 유머 소재로 거듭나 웃음 바이러스로 퍼져 나간다.

"저 기 저 기 저, 가을 꽃 자리 초록이 지쳐 단풍 드는데/ 눈이

내리면 어이 하리야 봄이 또 오면 어이 하리야/ 내가 죽고서 네가 산다면! 네가 죽고서 내가 산다면?/ 눈이 부시게 푸르른 날은 그리운 사람을 그리워하자"

미당 서정주 시인의 '푸르른 날'이다.

이 시는 가수 송창식의 작곡을 통해 '푸르른 날'이라는 아름다운 노래로 재탄생해 대중들의 많은 사랑을 받았다. 이는 깊이 바라봤기 때문에 가능했다.

라디오에서 흘러나오는 각종 이야기도 보물창고가 된다. 어떻게 받아들이냐에 따라 그 의미가 달라지며, 어느 누군가에게는 삶의 방향을 바꾸는 울림이 되기도 한다.

"미국 얘긴데요, 어느 출판사에서 대통령에게 책을 보냈습니다. 얼마 후 의례적인 답신이 왔죠. '좋은 책이군요' 그러자 이렇게 광고를 냈습니다. '대통령이 칭찬한 책', 책은 히트했고 출판사는 또 책을 보냈습니다. 백악관에서는 화가 났는지 '형편없는 책이군요', 그래서 이렇게 광고했죠. '대통령이 싫어한 책', 책은 또 잘 팔렸습니다. 세 번째 책을 보냈으나 묵묵부답. 그러자 '대통령이 지금 읽고 있는 책', 어떤 상황에서도 나름의 방법이 있다는 게 이 이야기의 메시지입니다." 모 방송의 '꿈의 지도'편에 소개된 내용이다.

양치기 소년과 가시철망 이야기도 크게 다르지 않다. 그냥 스치

듯 바라봤으면 볼 수 없었다. 양치기 소년은 이리저리 도망가려는 양들 때문에 늘 고민이 많았다. 그러던 어느 날 소년은 목장의 울타리에 활짝 핀 빨간 넝쿨장미를 보았다. 더 자세히 보니 줄기에 가시가 있다는 것이 새롭게 보였다.

"오 저것이다, 유레카!", 이로 인해 탄생한 불멸의 발명품이 '가시철망'이다. 이 소년은 그로부터 11명의 회계사가 1년 동안 세어도 다 못 셀 정도의 엄청난 돈을 벌었다.

세기의 히트작 '포스트잇(Post-it)'도 마찬가지다. 미국 사무용품 회사인 3M은 강력한 접착제를 개발하려고 했으나 약한 접착력으로 실패를 거듭했다. 이 프로젝트에 참여했던 한 직원은 교회에서 우연찮게 성가대원이 어려움을 겪고 있는 것을 보았다.

그는 찬송가를 부를 때마다 악보를 찾느라 진땀을 흘렸다. 이를 본 그 직원은 악보 종이에 잘 붙었다 떨어지는 메모지를 사용하면 좋을 것 같다는 생각에 이르렀다. 그리곤 이전에 실패작으로 끝났던 약한 접착제를 떠올렸다. 그 다음은 일사천리였다. '포스트잇'이라는 위대한 탄생이 이뤄진 것이다.

자세히 보지 않았다면 모두 다 스쳐지나가고 말 것들이었다. 고속도로에서 앞차 꽁무니만 바라보듯 깊이 보지 않고, 생각의 날개를 펼치지 않았다면 모두 다 이뤄질 수 없는 것들이었다.

천천히 걷고, 자세히 보고, 깊이 생각하면 새롭게 보이는 것들이 많다. 의미 없이 보였던 것들이 새로운 모습으로 다가와 삶의 방향을 완전히 바꿀 수 있다. 지금 무엇을 바라보고 있는가? 깊은 호흡으로 찬찬히 바라본다면 이전에 보지 못했던 것들을 볼 수 있다. 무늬가 다르고, 형태가 다르고, 질감이 다른 새로운 모습을 만날 수 있다.

자세히 보기 위해선 멈춰서야 한다. "자세히 보아야 예쁘다. 오래 보아야 사랑스럽다. 너도 그렇다"는 나태주 시인의 '풀꽃'을 굳이 말하지 않더라도 꽃인지 잡초인지를 분간하기 위해선 바쁜 걸음을 반 박자 늦추어야 한다. 물론 생각의 속도는 그 보다 훨씬 더 늦춰야 한다.

그저 본다고 하여 다 보이는 것은 아니다. 마음을 재촉하면 절대볼 수가 없다. 찬찬히 보아야 보이지 않던 부분까지 선명히 볼 수 있다. 사랑하는 사람을 바라볼 때도 마찬가지다. 예쁘게 보려 하고 아름답게 보려 해야 예쁘고 아름답다.

우리의 인연도 그렇다. 어제오늘 수 없이 많은 사람을 만났지만 대개 건성으로 인사만 나눈 후 헤어지기가 부지기수다. 바람처럼 스치는 것이 아니라 나무처럼 멈춰 서서 깊이 바라봐야 한다. 그래야만 진가를 알 수 있다.

하찮은 것을 위대한 것으로 만들고, 단순한 만남을 훌륭한 인연으로 싹트게 하는 것, 그것의 시작은 깊이 바라보기다.

'미스터트롯', 최고로 성공한 사람은?

성공과 실패가 행복을 결정하지 않는다. 그 결정은 오로지 자신의 마음에 달렸다.

코로나19가 2020년을 KO시켰다. 형체를 알 수 없는 유령처럼 곳곳을 찾아다니며 불행의 바이러스를 맘껏 뿌려댔다.

하루 온종일 마스크 착용에 숨이 막히고, 여행의 자유를 뺏겨 미칠 지경이었다. 바이러스 공습경보가 언제 끝날지도 모르는, 처음 겪어 본 잿빛 세상이었다.

불 번지듯 확산되는 코로나19를 피해 방콕생활을 하다 보니 '확찐자'가 나오고, 무기력증이 도미노처럼 퍼져 나갔다. 비오는 날은 우산장수, 맑은 날은 염전장수가 최고인 것처럼 코로나19 상황에서도 수혜자들은 나타났다.

여행, 콘서트, 영화, 전시회 등으로 삶을 꾸렸던 사람들의 즐거운 비명은 통곡으로 바뀌었고, 배달, 소독, 방역, 마스크, 비대면 시스템으로 생계를 꾸려가던 사람들은 난데없는 호황으로 입꼬리가 올라갔다.

이 가운데 최고의 수혜자는 단연 성인 트로트다. TV조선의 '미스터트롯'은 엄청난 신드롬(syndrome)을 일으키며 연일 시청률 대박 행진을 이어갔다. '미스터트롯'은 방콕생활자의 메시아가 됐다.

매회 치열한 경쟁을 펼친 끝에 TOP7이 최종 결정됐다. 미스터트롯 진(眞) 임영웅과 선(善) 영탁, 미(美) 이찬원과 4, 5, 6, 7위를 차지한 김호중, 정동원, 장민호, 김희재의 인기는 하늘을 찔렀다.

자신들의 인생에 이 같은 천지개벽이 일어날 줄은 그들도 전혀 몰랐을 것이다. '쥐구멍에도 볕 들 날 있다'는 말이 바로 이런 경우다.

특히 TOP7에 간신히 발을 걸친 7위 김희재는 대박 난 로또이자 운수대통의 한 해를 보냈다. 8위는 기억하지 못해도 7위는 기억한다.

'미스터트롯'이 진행되는 동안 김희재는 딱히 내세울만한 감동적인 스토리가 없었다. 그는 단지 현역 해군으로 복무 중인 군인에 불과했다. 반면에 1위부터 6위까지는 심금(心琴)을 울리는 저마다의 굴곡진 인생사가 있었다.

그럼에도 마지막 순위로 TOP7에 든 김희재의 삶은 '미스터트롯' 이전과 이후로 완전히 달라졌다. TOP7 이후 자신만의 차별화된 개성을 살려 스포트라이트를 받으며 승승장구했다.

김희재의 TOP7 수상소감을 유심히 지켜봤다. "사실 저는 준결승에서 큰 어려움을 겪었다. 그래서 결승전에 올라갈 거라고 생각도 못했다. 7위라는 순위에도 너무 만족한다. 그동안 많이많이 사랑해주신 시청자분들께 진심으로 감사하다."

김희재는 성공했는가, 실패했는가? 진선미에 포함되지 못했기에 실패라고 할 수도 있고, TOP7에 들었기 때문에 성공이라고도 할 수 있다. 1위를 최고로 치는 사람한테는 그저 7위에 불과하겠지만, 김희재에게 7위는 1위와 다를 바 없는 매우 훌륭한 성적일 것이다.

성공과 실패를 구별하는 절대적인 기준은 없다. 오직 각 개인의 주관적 잣대로 판단할 뿐이다. 그렇기에 성공과 실패의 여부는 오로지 자신만이 알 수 있다.

TOP7의 꼴찌인 김희재가 자신의 순위에 만족하는 순간 그는 이미 성공한 것이다. 물론 그가 7위의 순위를 분통해 한다면 그것은 실패라 할 수 있다.

성공과 실패의 최종적 결정은 자신만이 가능하다. 어느 누구도 남의 삶을 '성공했다', '실패했다'고 섣불리 판단할 수 없다. 그것은 오로지 당사자만이 할 수 있는 신성불가침의 영역이다.

나의 경우도 그렇다. 28년째 한 직장으로만 출퇴근 중이다. 초지일관에 높은 점수를 매긴다면 성공한 삶일 수 있고, 무미건조에 포커스를 맞추면 실패한 인생일 수 있다.

사실 이를 판단하는 나조차도 결정하기 어렵다. 감정의 기복에 따라 그때그때 다르다. 어떤 때는 '이만하면 충분해'하며 만족스러워 성공한 듯하고, 다른 어떤 때는 '지금껏 난 뭐했지'하며 불만족스러워 실패한 듯하다.

완벽한 성공과 완전한 실패란 없다. 모두 나름의 가치가 있을 뿐이다. 성공의 탄탄대로로 내달렸던 무한질주도, 실패의 가시밭길을 걸었던 무한반복도 그 삶의 나이테일 뿐이다. 켜켜이 쌓인 나이테는 성공 반, 실패 반의 이력을 모두 감싸 안는다.

성공이든 실패든 모두 겸손히 받아들여야 할 자신의 성적표다. 성공했다하여 들뜰 필요도 없고, 실패했다하여 침울할 필요도 없다. 성공이 세상의 모든 것을 자신의 것으로 만들지 않으며, 실패 또한 세상의 모든 것을 잃는 것도 아니다.

겪어보니 실패했을 때 얻는 것이 더 많았다. 고통 속에서 삶의 속살을 보았고, 그 깊이를 알 수 있어 더 성숙해졌다.

가장 확실한 성공은 자기답게 사는 것이다. 행복은 성공의 또 다른 이름이다. 지금 행복하다면 성공한 것이다. TOP7에 간신히 발걸친 것을 꼴찌로 여길 것인지 아닐지는 오로지 자신에게 달렸다.

성공과 실패가 행복을 결정하지 않는다. 그 결정권은 오로지 자신의 마음에 달렸다. 지금 행복한가, 아니면 불행한가?

"우리 네태식이 돌아왔구나"

. . . .
. . . .

'네태식이 돌아왔구나', 이 보다 멋진 표현을 어떻게 찾을 수 있단 말인가.

'우리 네태식이 돌아왔구나', 이는 2019년 'latte is horse', '나일리지', '명존쎄', 'JMT'를 능가하는 댓글 중 하나이다.

'우리 네태식이 돌아왔구나'는 김래원 주연의 영화 '해바라기'에서 유래한 말이다. 오태식(아들역 김래원)이 10년 간의 교도소 생활을 마치고 집을 찾아왔다. 엄마(어머니역 김해숙)가 이때 한 말이 "우리 태식이 왔구나"라는 짧은 대사다.

이후 오태식이 자신의 엄마를 살해한 조폭집단에 복수를 위해 찾아갔을 때, 조폭 두목의 입에서 다시 한 번 나온 말, "태식이가 돌아왔구나."

영화 '해바라기'의 명대사가 무려 13년이 흐른 뒤 새삼스럽게 주목받은 이유가 있었다. 스포츠팬들 사이에서는 '토요일 밤의 최강 예능'이라고 불리는 것이 있다. 바로 해축(해외축구)이다. 영국 프리미어리그, 독일 분데스리가, 스페인 라리가, 이탈리아 세리에 A의 해외축구를 치맥(치킨+맥주)과 함께 시청하는 것을 최고의 소확행(작지만 확실한 행복)으로 여긴다.

각 팀마다 홀리건 뺨치는 열성 응원꾼들이 상당하다. 주말 밤마다 축구 폐인들이 좀비처럼 나타나 맨유, 리버풀, 첼시, 맨시티, 아스널, 바르셀로나, 레알 마드리드, 뮌헨, 유벤투스 등 특정 팀의 '빠(열성팬)'가 되는 것을 서슴지 않는다.

국내 팬들 중에는 손흥민 선수의 소속팀인 '토트넘빠'가 가장 많을 것으로 예상된다. 주말만 되면 어느 채널, 어느 인터넷 사이트에서 몇 시 몇 분에 축구 중계를 하는지가 초미의 관심사가 된다.

'2019~2020 프리미어리그' 초반엔 SPOTV 채널과 DAUM 사이트만 중계권료가 타결돼 이 두 곳서만 해외축구를 시청할 수 있었다. 국내에서 가장 많은 이용자 수를 보유하고 있는 NAVER는 중계권료 문제로 방송을 내보내지 못했다.

그러던 어느 날 네이버 메인 공지에 수많은 팬들의 클릭이 폭주했다. '오늘부터 해외축구 중계권료가 타결돼 실시간 중계를 하게 되었습니다'라는 안내 문구였다. 엄청나게 많은 축하 댓글이 쇄도했다. 이때 베댓(베스트 댓글)이 바로 '우리 네태식이 돌아왔구나'였다.

영화 '해바라기'의 "태식이가 돌아왔구나"라는 명대사가 "우리 네태식(네이버+태식)이 돌아왔구나"라는 댓글로 환생한 셈이다.

말은 시대상을 가장 잘 반영한다. 한 사회의 현상이 촌철살인(寸鐵殺人)의 언어로 나타난다. 그때 열렬한 환호와 큰 주목을 받는 말은 그 시대의 유행어가 된다. 그래서 유행어는 당시 사회의 흐름을 읽는 키워드다.

"latte is horse", 직역하면 '(커피)라떼는 말이다' 이나 유행어의 옷을 입고 등장한 라떼는 '꼰대'다. "에이, 꼰대같이 왜 그래요"라고 말하기 보다는 "latte is horse"라고 말하면 관계가 훨씬 더 부드러워진다.

'나일리지'도 마찬가지다. 이는 나이와 마일리지(mileage)의 합성어다. '나 때는 말이야'처럼 나이 값은 못하면서 나이 숫자로만 권위를 앞세우고자 하는 꼰대들을 비꼰다.

'명존쎄(명치를 졸라 쎄게 때린다)', 'JMT(존맛탱)' 등도 한 시대를 관통하는 유행어다. '존맛탱'은 맛난 음식에 대한 최고의 찬사인 '졸라 맛있다'의 줄임말로, 이것의 초성(ㅈㅁㅌ)을 따 알파벳으로 표현한 것이 'JMT'이다.

또한 TMI(Too Much Information/굳이 알리지 않아도 될 정보를 너무 많이 알림), 갑분싸(갑자기 분위기 싸하게 만듦), 관태기(관계+권태기/관계 맺기가 회의적임), 현타(현실자각 타임)도 각광받았던 유행어다.

난센스 퀴즈도 유행으로 부상했다. 문제투성이인 것은?(시험지),

가장 좋은 물은?(선물), 노루가 다니는 길은?(노르웨이), 사자와 호랑이를 섞어 끓인 물은?(동물의 왕국), 변강쇠가 가장 좋아하는 곤충은?(잠자리), 아이유의 미래 이름은?(어른이유), 산속에서 가장 야한 식물은?(버섯) 등이 그 예다.

언어의 축제다. 축약하든 은유하든 모든 말 속에는 그것만의 깊은 뜻이 담겨 있다. 유행어를 그저 가벼이 여겨 마냥 무시할 것만은 아니다. 말은 당시의 사회상을 가장 잘 나타내는 시대의 대표이기 때문이다. 'latte is horse'가 되고 싶지 않다면 유행어에 너무 앞서 갈 필요는 없지만 그렇다고 둔감해서도 안 된다.

말은 최고의 소통 도구다. 제대로 소통하려면 서로가 알아듣는 언어로 대화해야 한다. '*&^%$#@!', 무슨 말인지 잘 모를 것이다. 아주 간단한 말이다. 키보드의 시프트(shift) 키를 누르고 '87654321'을 두드린 것이다.

이래선 소통이 될 리가 없다. 너도 알고 나도 아는 말로 소통해야 무슨 말인지 알아들을 수 있다. 그렇다고 알아들을 수 있는 말로만 이야기하라고 하면 그 순간부터 꼰대가 되고 만다.

시대의 언어를 스스로 체득해야 한다. 젊은 친구들의 유행어라고 외면해선 안 된다. 물론 입 꾹 다물고 평생을 살 것이라면 상관없다.

적절한 위트가 가미된 유행어 한 마디가 관계를 촉촉하게 만든다. 중단됐던 중계방송의 재개에 대한 '우리 네태식이 돌아왔구나', 이 보다 멋진 표현을 어떻게 찾을 수 있단 말인가. 말이 참 맛있다.

행복 배달부

행복을 나눠주는 사람이었으면 좋겠다. 잠시라도 누군가의 행복 배달부로 기억될
수 있는 그런 사람 말이다.

 많은 것들은 나를 행복하게 한다. 가족, 축구, 등산, 독서는 물론
반려견과의 산책과 봄, 여름, 가을, 겨울의 순환이 그것이다. 따사로
운 햇살, 시원한 바람, 붉은 노을, 아름다운 노래, 토요일 아침의 조
조영화도 그러하다.

 행복을 주는 것들 중 가장 큰 행복을 주는 것은 사람이다. 사람
이 있어 행복하다. 물론 그 반대의 경우도 많지만 가족과 친구들은
늘 넘쳐나는 행복을 건네준다.

 그리고 오랜 세월 동안 나에게 일방적으로 행복을 안긴 고마운
사람들이 있다. 그들 때문에 하루하루가 재밌었고 행복했다. '코리
안 특급' 박찬호 선수와 '손샤인' 손흥민 선수다.

 그들이 출전한 중계방송은 무조건 생방 사수다. 자정이든, 새벽

2시든, 4시든 전혀 문제되지 않았고, 아무리 피곤해도 거르지 않았다. 정말 불가피한 사정으로 보지 못했을 때는 녹화방송이라도 꼭 챙겨봤다. 그것마저 안 되면 하이라이트 영상이라도 들여다봤다. 그들이 뿜어내는 열정으로부터 삶의 희열과 기쁨을 얻었기 때문이다. 승패를 넘어 그들이 건강한 모습으로 운동장 위에 우뚝 서 있는 것만으로도 엔도르핀이 치솟았다.

긴 세월 그들과 호흡을 같이하며 일심동체가 되어갔다. 박찬호 선수가 멋진 호투로 승리투수가 된 날은 나 또한 덩달아 기뻤고, 손흥민 선수가 골을 넣은 날은 온종일 유쾌·통쾌·상쾌했다.

물론 늘 좋은 날만 있었던 것은 아니다. 그들이 힘든 시기를 보낼 땐 마음이 많이 아팠다. 비싼 몸값을 받고 LA 다저스에서 텍사스 레인저스로 이적했던 박찬호 선수, 그가 허리부상으로 인한 저조한 성적 때문에 원형탈모증까지 걸려 고생할 때는 같이 아파했다.

또한 박찬호 선수가 어느 게임에서 한 선수로부터 한 회에 두 번의 만루 홈런을 맞고 고개를 푹 숙였을 때, 경기 중 상대방 투수를 이단옆차기로 가격해 중징계를 받았을 때도 속이 너무 상했다.

손흥민 선수도 마찬가지였다. 경기 중 상대방 선수와의 충돌로 두 번씩이나 팔목 골절 부상을 당했을 때나 무리한 태클로 레드카드를 받고 퇴장을 당했을 때도 마음이 아렸다.

그러나 가슴 아팠던 것 보다 행복했던 기억이 훨씬 많다. '박빠',

'손빠'로 살아가는 것은 전혀 창피하지 않았다.

박찬호 선수가 1994년 LA 다저스를 시작으로 텍사스, 샌디에이고, 뉴욕(메츠), 휴스턴, 필라델피아, 뉴욕(양키스), 피츠버그, 오릭스, 한화 이글스를 거쳐 2012년에 은퇴할 때까지 그와 동고동락한 18년의 세월이 참으로 행복했다.

손흥민 선수도 그렇다. 2010년 독일 함부르크SV를 시작으로 바이엘04 레버쿠젠과 영국 토트넘 홋스퍼FC에 이르기까지의 긴 세월 동안 그는 나의 행복충전소였다.

해외에서 활약한 훌륭한 선수들은 많지만 이 둘만큼 특별하지는 않았다. 이들에게는 다른 선수들과 비교할 수 없는 애틋함이 있다. 마치 딸 바보 아빠처럼 말이다.

그들의 경기를 기다릴 때는 언제나 설렘이 앞섰다. 오랜 세월동안 삼사일 간격으로 그들을 만나는 날은 초등학생 소풍가듯 마냥 즐거웠다. 그들과 함께한 세월이 있어 행복했다.

그들에게서 큰 위안과 감동을 얻은 것은 나뿐만이 아닐 것이다. 아마 상당수 팬들도 그들로 인해 참 행복했던 기억이 많을 듯싶다. 그들이 경기장에서 보여준 뜨거운 투혼과 사적 공간에서의 모범적 생활 그리고 팬들과의 적극적인 교감은 그 어느 것 하나 흠잡을 수 없는 리스펙트(respect)다.

그들과 동시대를 살며 그들의 플레이에 열광할 수 있어서 행복했다. 새벽에 일어나 중계를 보던 때가 행복이었고, 리뷰를 보던 순간도 행복이었고, 다음 경기를 기다리던 시간 또한 큰 행복이었다.

나 또한 그들처럼 행복을 나눠주는 사람이었으면 좋겠다. 잠시라도 누군가의 행복 배달부로 기억될 수 있는 그런 사람 말이다.

아름다운 사람이 머문 자리

독수리에게 상하좌우 1000m 이내에서만 날라고 하면 어떻게 되겠는가.
독수리는 두 날개를 접을 수밖에 없다.

"아름다운 사람은 머문 자리도 아름답습니다", "남자가 흘리지 말아야 할 것은 눈물만이 아닙니다", "큰일을 먼저 하라, 작은 일은 저절로 처리될 것이다", "당신이 저를 소중히 다루시면, 제가 본 것은 비밀로 해드리겠습니다", 화장실에서 미소 지으며 볼 수 있는 명언들이다.

우리나라에서 큰 자부심을 느끼는 것 중 하나가 바로 화장실이다. 공중 화장실은 물론 주유소, 식당 등 대부분의 화장실들이 너무나 깨끗하게 관리되고 있다.

화장실에는 볼거리가 다양하다. 촌철살인의 함축어만 있는 것이 아니다. 화초, 나무, 산, 숲, 계곡, 강, 바다 등 멋진 풍경의 사진들이 게시돼 있어 기분을 상쾌하게 한다.

고속도로 휴게소의 남성 화장실에서 재밌는 사진을 보았다. 소변기 위에 다양한 얼굴 표정을 짓고 있는 여성들의 사진이 붙어 있었다. 소변기를 바라보며 인상 쓰는 여성, 미소 짓는 여성, 함박 웃는 여성, 눈감은 여성, 매우 놀라는 여성 등 재치 만점의 사진들을 보며 저절로 웃음이 나왔다. 매우 놀라는 여성의 사진이 붙어 있는 변기 앞에서 당당히 볼 일도 보았다.

　　화장실은 잠깐 머무는 공간이라 신경을 덜 쓸 수 있다. 똥, 오줌이 갖는 특성 때문에 화장실하면 지저분한 것을 떠올린다. 하지만 우리나라의 공중 화장실은 조금의 더러움도 거부한다. 쉴 틈 없는 쓸고 닦기로 항상 청결하다. 그렇다 보니 화장실 문화만큼은 단연 세계 최고다. 화장실의 변신에는 적지 않은 사람들의 노력이 배어 있다. 지하철, 버스, 휴게소, 관광명소 등의 공중 화장실과 연관된 관계자들의 수고가 있어 가능하다.

　　화장실 입구에 들어서자마자 눈에 띄는 것이 있다. 벽면 한편에 A4 용지 크기로 코팅돼 걸려있는 '화장실 일일 점검표'다. 그 점검표에는 점검자의 이름과 점검일자, 점검시간 등이 기록되어 있다. 여러 항목을 꼼꼼히 체크해야 한다. 작은 용지이지만 깐깐하기 이를 데 없다.

　　"화장실 바닥은 물기가 없습니까, 세면기는 깨끗합니까, 거울의 물기는 닦으셨습니까, 비누는 있습니까, 화장지는 비치되었습니까, 휴지통의 휴지는 넘치지 않습니까, 조명등은 켜져 있습니까, 냄새가 나지는 않습니까, 배수구에 머리카락은 없습니까, 화장실 타일은 청결합니까, 페이퍼 타월은 있습니까?"

청소 담당자는 각 질문마다 '예' 또는 '아니오'가 적힌 칸에 동그라미를 그려 넣어야 한다. 매뉴얼에 따른 철저한 관리가 화장실의 청결이 유지되는 비결이다. 사용자의 입장에서는 쾌적한 환경에서 볼 일을 볼 수 있어 감사한 일이나 청소 담당자라면 이것만큼 귀찮은 일도 없을 듯하다.

매시간 그들은 촉각을 곤두세워야 한다. 자칫하다간 점검시간을 놓쳐 낭패를 볼 수 있다. 자신의 역할인 만큼 조금도 소홀히 할 수 없기에 온종일 긴장하지 않을 수 없다.

만약 점검표가 없다면 청소 담당자는 자신의 역할을 다하지 않을까? 절대 그렇지 않을 것 같다. 대개의 사람들은 자신의 업무에 최선을 다한다. 점검표가 있든 없든 그 일에 충실할 것이다.

점검표가 한 사람을 감시하고 옥죄는 것은 아닌지 되돌아볼 필요가 있다. 정해진 시간에 반드시 그것만큼은 해야 한다는 무언의 압박이 될 수 있다. 그냥 믿으면 된다. 점검표와 상관없이 언제든지 잘 할 것이라는 신뢰 말이다.

습성이란 것은 타성에 젖기도 한다. 점검표를 게시하면 점검 목록만 살핀다. 점검표에 나열돼 있지 않은 더 중요한 것은 간과한다. 화재 위험성, 몰래 카메라 설치 여부, 배수관 누수 등 점검표에 누락되어 있는 것들은 내 일이 아니다. 이유는 간단하다. 업무의 자율성에 한계선을 그어 놓았기 때문이다.

어디 일일 점검표만 그렇겠는가. 우리가 하는 일 중엔 형식이 내용을 앞서는 것들이 수두룩하다. 의전이 대표적이고, 회의가 그렇고, 상하관계도 그렇다. 무한대의 능력을 펼치지 못하게 밧줄로 꽁꽁 묶어 놓고 있다. 그러는 동안 업무 능력은 유한대로 축소되고 만다.

일의 효율을 원한다면 원칙만 정하면 된다. 일을 하는 방식은 다양할 수 있다. 다양성을 존중할 때 창의력이 샘솟는다. 획일성은 확장성을 억제한다. 참견과 간섭이 더 큰 성취를 가로막는다. 중요한 것은 올바른 방향 제시다.

물론 매뉴얼이 있으면 실수를 줄일 수 있고, 업무의 평균적 성과를 보장할 수는 있다. 또한 숙련도를 높일 수 있고, 일의 중복과 낭비를 줄일 수 있다. 그렇기 때문에 매뉴얼 우선주의를 완전 무시하라는 것이 아니다. 과도한 지침으로 자율성과 창의성을 옥죄지 말자는 것이다.

지침, 훈령, 규칙, 규정, 매뉴얼, 방침, 모두 좋다. 그러나 사람의 능력을 그 틀에 너무 꿰맞추지는 말아야 한다. 더 높이, 더 멀리 날수 있는 독수리에게 상하좌우 1000m 이내에서만 날라고 하면 어떻게 되겠는가. 아마 독수리는 두 날개를 접을 수밖에 없을 것이다.

'아름다운 사람은 머문 자리도 아름답습니다', 맞는 말이다. 그러나 머문 자리를 아름답게 하는 것은 일일 점검표만이 할 수 있는 것이 아니다. 속박의 굴레에서 완전히 벗어날 때 아름다움은 더 지속될 수 있다.

식구끼리 왜 그래요

식구끼리는 구구절절한 변명이 필요 없다.

잘났든 못났든 그냥 평생 같이 가는 것이 식구다.

"반려견, 사지 마세요!" 아니, 왜 사지 말라고 하지? 이유는 간단했다. 유기견이 너무 많기 때문이다. 반려견을 구입하기에 앞서 주인 잃은 유기견을 먼저 입양해달라는 하소연이다.

정부 통계에 따르면 한 해 기준 유기동물의 전체 수는 대략 10만여 마리인데, 이 중 개가 64%, 고양이가 35% 정도다. 유기동물처리 방법은 분양 28%, 안락사 25%, 자연사 23%, 소유자 인도가 10% 등이다. 주인을 잃은, 또는 주인이 버린 유기동물 가운데 두 마리 중 한 마리는 강제로 안락사 되거나, 홀로 눈물 흘리며 자연사로 세상과 이별하는 셈이다.

특히 설과 추석 명절, 여름 휴가철이나 긴 연휴가 지난 뒤에는, 경치 좋은 동해안의 유명 관광지 주변이나 차들이 쌩쌩 달리는 고속도로가에 유기견이 급증한다고 한다. 갈 때는 함께 갔으나 올 때는 혼자만 돌아온 견주의 배신 때문이다. 매정한 주인의 외면 때문에 버려지는 유기동물이 얼마나 많으면 '반려견 사지 말고, 입양하세요!'라는 캠페인까지 벌이겠는가.

강아지든 고양이든 그들을 버리는 주인의 입장에서는 경제적 어려움 내지 질병 악화 등 반려동물을 돌볼 수 없는 여러 가지의 딱한 사정이 있을 순 있다. 하지만 어떤 사정이 됐든 자신만을 바라보고 사랑했던 반려동물을 유기하는 것은 결코 용서받지 못할 일이다.

우리 집도 2012년부터 반려견 '토토'와 함께 생활 중이다. 당시 중학생이던 작은 아들이 매일매일 강아지 사달라고 조르는 바람에 동네의 동물병원에서 데려와 같이 살고 있다.

대부분의 반려견들이 그렇듯 토토도 예쁘고 사랑스럽다. 포메라니안으로는 드물게 검은색 털을 지닌 블랙탄이며, 아침이슬 같은 맑은 눈동자를 지니고 있어 무척이나 귀엽다. 신문을 읽을 때나 잠자리에 누울 때는 어느새 곁에 다가와 엉덩이를 밀착시키고 말똥말똥 쳐다본다. 퇴근 후 현관문을 열면 가장 먼저 달려와 반기는 것도 토토다. 꼬리를 쉼 없이 좌우로 흔들며 기뻐한다.

"토토, 아빠한테 와!", "토토, 엄마한테 먼저 와야지!" 나와 아내는 둘 중에 누가 더 토토의 사랑을 받고 있는지 확인하려고 매번

겨룬다. "토토야! 형한테 와", "아냐, 나한테 먼저 와!" 아이들도 마찬가지다. 토토는 우리 부부의 아이이자, 아이들의 동생이다.

"인형보다 예쁜 까만 얼굴, 보들 보들 부드러운 털/ 반짝 반짝 빛나는 초롱 눈망울, 안아 달라 보채는 작은 손/ 쌔근쌔근 잠자는 귀여운 아가, 깡충깡충 뛰노는 모습/ 모두 모두가 사랑스럽고, 네가 있어 행복하다."

토토를 위한 헌시(獻詩)다.

오늘 뭐 했어, 밥은 먹었어, 물도 마셔, 오줌 좀 그만 싸, 날씨 좋은데 산책 갈까…. 홀로 남겨졌을 때 고독을 덜어주는 말동무이자 큰 기쁨을 주는 가족이다.

하지만 가슴 아플 때도 많다. 시름시름 앓으며 음식을 먹지 않을 때, 의자 모서리에 부딪쳐 얼굴에 상처가 났을 때, 갑자기 나타난 들고양이와 싸우다 눈동자가 긁혔을 때, 여행 때문에 반려견 돌봄이에게 맡기고 떠날 때, 먹은 것이 잘못됐는지 설사를 계속 할 때, 그런 때마다 마음이 시리다.

내가 아프면 나만 아프지만 반려견이 아프면 온 가족이 다 아프다. 그래서 가족이다. 아침부터 밤까지 같은 울타리 안에서 함께 먹고, 함께 잔다.

서로의 언어로 대화 할 수는 없지만 서로가 무슨 말을 하는지, 무슨 말을 하고 싶은지 충분히 알 수 있다. 오랜 세월 같이 살아오며 쌓인 믿음이 있기에 가능하다. 믿는 만큼 볼 수 있어 서로의 아픔에 눈물 흘리고, 기쁨에 미소 지을 수 있다.

어느 한 순간 귀찮고 감당이 안 된다하여 반려동물을 버리는 것은 치매 걸린 어머니를 낯선 동네에 두고 오는 것과 다르지 않다.

내 집으로 들이는 순간 영원히 함께해야 할 가족이다. 내가 병들고 늙었다하여 자식들이 깊은 산 속에 나를 버린다면 그 슬픔을 이겨낼 수 있겠는가. 반려동물도 마찬가지다. 주인에게서 버림받는 순간 어딘지도 모를 곳에서 추위와 굶주림에 떨 것이다. 또한 자기를 찾아올 것이란 믿음으로 주인의 발자국 냄새를 맡기 위해 낑낑거리며 땅에서 코를 떼지 않을 것이다.

말 못하는 반려동물이라하여 버려서는 안 된다. 반려동물은 함께 부대끼며 살아가는 가족이다. 식구끼리는 구구절절한 변명이 필요 없다. 잘났든 못났든 그냥 평생 같이 가는 것이 식구다.

"야, 이 기생충 같은 놈아!"

남이 일궈 낸 성과물에 기생하여 사는 인생은 기생충과 다를 바 없다.

"야, 이 기생충 같은 놈아!" 예나 지금이나 기생충은 공공의 적이다. 70년대 초반 초등학교를 다닌 세대들은 기생충과 수시로 전쟁을 치렀다. 그때는 학교에서 툭하면 명함크기 보다 약간 더 큰 비닐로 된 배변봉투를 나눠주면서 콩알만큼의 똥 두어 점을 받아오라 했다.

대부분 자신의 대변을 봉투에 담아 오지만 깜박 잊고 등교한 경우는 다른 친구의 대변을 조금씩 나눠 담아 제출하기도 했다.

자기 똥이든 남의 똥이든 그 결과는 별반 다르지 않았다. 나중에 받은 결과지에는 50명이 넘는 한 반의 학생 대부분이 기생충 보유자로 판명되었다. 학교서 나눠준 기생충 약을 복용한 다음 날 아침이면 어김없이 지렁이 같이 생긴 회충(기생충)이 똥에 묻어 나왔다.

지저분한 머리카락과 옷깃에는 늘 좁쌀만한 크기의 흡혈 곤충인 '이'가 득실거렸고, 굶주린 배 속에는 '기생충'이 꼼지락거렸던 가난한 시절의 날들이었다. 그렇기 때문에 남한테 빌붙어 살기만 하는 기생충이 전 국민의 환호를 받을 줄은 꿈에도 몰랐다.

빈부격차로 인한 소통의 단절을 그린 봉준호 감독의 영화 '기생충'이 2019년 칸영화제 황금종려상을 수상한데 이어 2020년 아카데미 시상식에서는 작품상·감독상·각본상·국제장편영화상 등 4개 부문을 수상하는 쾌거를 이뤘다.

이 영화는 반지하 단칸방에서 살고 있는, 전원 백수인 한 가족이 중소기업 사장의 대저택에 취직을 하면서 벌어지는 에피소드를 담고 있다. 이는 국내에서 1000만 관객을 돌파한 것은 물론 해외 관객들로부터도 뜨거운 찬사를 받았다.

아들과 딸은 영어와 미술 과외 선생으로, 아빠와 엄마는 운전기사와 가정부로 각각 자신들의 이력을 위조해 취업에 성공한 이후, 백수가족과 사장가족의 두 만남은 예측불허의 사건으로 이어지며 여러 상황들을 만들어냈다. 특히 운전기사로 취직한 아빠가 주인집 사장을 살해하는 영화의 마지막 부분에서는 관객들의 몰입도가 최고조로 올라갔다.

영화와는 별개로 만약 이력을 위조해 취업하는 일이 실제 벌어졌다면 어떻게 됐을까? 당연히 사문서 위조로 그에 합당한 처벌을 받을 것이다. 아무리 목적이 선하다하여 부정한 방법까지 면죄부를 받을 수는 없다.

영화 기생충 열풍이 불던 다른 한편에서는 조국 광풍이 몰아쳤다. 법무부장관에 임명된 조국의 삶을 놓고 '기생충이다', '아니다'라는 치열한 논쟁이 벌어졌고, '조국 구속'과 '조국 수호'를 놓고 진영 간의 세 대결이 연일 끊이지 않았다. 이 같은 논란은 조국 장관의 사의로 일단락됐지만 우리 사회는 적지 않은 가치관의 혼란을 겪었다.

이런 논쟁 과정에서 나의 말만이 '정의'이며, 너의 말은 '불의'로 배척됐다. 이성적 사고와 합리적 판단이 끼어들 여지가 없었다. 오로지 아군이냐, 적군이냐로 줄서기를 강요받았다.

때로는 단순한 생각이 혼란을 정리하는 데 합리적일 수 있다. 올바른 삶을 살아왔는지, 그릇된 삶을 살아왔는지를 그저 단순한 잣대로 바라보면 된다. 그럼에도 그 단순한 잣대라는 것이 결국은 각 개인의 주관적 관점에 따라 다를 수 있어 옳고 그름을 정확히 판단하기란 쉽지 않다.

우리는 자신의 삶을 늘 경계할 필요가 있다. 적어도 주위 사람들로부터 "야, 이 기생충 같은 놈아!"라고 손가락질은 받지 말고 살아야 한다. 자신의 순수한 열정과 노력으로 살아야지, 남이 일궈낸 성과물에 기생하여 사는 인생은 기생충과 다를 바 없다.

기생충처럼 살지 않는 방법은 간단하다. 자신의 말과 행동에 책임을 지면된다. 숱하게 뱉어낸 말과 마구 쏟아낸 글에 부합되는 삶을 살면 된다. 언행일치(言行一致)만이 신뢰의 기본이다.

특히 설화(舌禍)는 주로 SNS를 통해 급속도로 번져 나가기에 가상 세계에서의 행동도 실제와 다르지 않도록 항상 조심해야 한다. SNS에 올린 짧은 글, 사진 한 장, 댓글 한마디는 모두 자신의 얼굴이다. 자칫하다간 SNS 기록이 자신의 얼굴에 먹칠을 할 수 있다. SNS에서 보이는 자신의 모습과 현실 세계에서 보이는 실제 모습 간에 큰 괴리가 없어야 한다. 가상과 현실에서의 모습이 크게 다르다면, 그것 또한 가식이자 거짓이다.

자신의 삶을 경계해야 한다는 경구로 '신독(愼獨)'이란 말이 있다. 남이 보지 않는 곳에 혼자 있을 때에도 도리에 어긋나지 않도록 말과 행동을 조심하라는 뜻이다.

모두가 나의 말과 행동을 지켜보고 있다. 자신에게 떳떳할 수 있어야 한다. 그래야만 "야, 이 기생충 같은 놈아!"라고 욕먹지 않을 수 있다. 남의 것을 뺏어 먹고 사는 자, 그들이 바로 기생충이다.

행복을 주는 뜻밖의 선물

내가 행복해야 옆의 사람들도 행복하다. 나부터 행복해져야 할 이유다.

예상치 못했던 뜻밖의 선물을 받아 보았는가? 그때 행복감으로 미소 지었는가? 기대하지 않았던 선물을 받아 행복할 때가 많다.

약속 장소에 조금 일찍 나갔으나 너무 빨리 도착했다. 조급한 성격 탓에 늦게 되면 큰 결례인 것 같아 가능한 약속시간보다 일찍 도착한다. 그런 때 약속 장소 주변을 둘러보면 새로운 풍경과 신기한 것들을 만난다. 뜻밖에 받는 선물이다.

모락모락 김이 피어나는 붕어빵의 구수함, 나무 간판이 예쁜 일본식 우동가게의 포근함, 하늘하늘 떨어지는 노란색의 은행잎, 모두 기쁨을 선사하는 선물이 아닐 수 없다.

시선을 돌리면 그런 것들이 한둘이 아니다. 골목 어귀 작은 책방 안으로 들어섰다. 출입구 쪽에 마련된 선물코너가 눈길을 끈다. 앙증맞은 귀걸이, 알록달록한 우산, 장난꾸러기 같은 디자인의 양말,

보라 색깔의 예쁜 편지지와 편지봉투들이 줄지어 있다.

쫄랑쫄랑 걸어 나오는 말티즈 강아지, 주인장의 반려견인가 보다. 말똥말똥 쳐다보는 동그란 눈, '서당 개 삼 년이면 풍월을 읊는다'고 하는데 저 강아지도 시조 한 수쯤은 너끈히 읊을 것 같다.

책방은 행복을 안기는 선물이다. 출장길에도 시간이 남을 때면 그 동네의 조그만 책방을 찾는다. 책 읽는 것만큼이나 책방에서 풍기는 책 특유의 냄새도 좋다.

작은 진열대 위에 오밀조밀하게 자리 잡은 책들이 예쁘다. 서로가 베스트셀러니 스테디셀러라고 다투지 않는다. 추리소설과 에세이는 인문학과 경제학 책과 싸웠는지 서로 멀리 떨어진 채 눈치싸움 중이다. 알록달록한 옷을 입은 여행서는 자기를 데려가 달라고 애원한다.

흐릿한 조명아래 줄지어 앉은 친구들을 모두 가방에 담고 싶다. 이 사람, 저 사람의 마음을 적시는 에세이가 좋고, 아가사 크리스티의 추리소설도 언제나 좋다. '산티아고 가는 길'은 당장 공항으로 내달리고 싶게 하고, '나는 생각이 너무 많아'는 생각의 무게를 훌훌 벗어 내라고 한다.

책방 주인이 다가와 말을 건넨다. "뭐 생각해 둔 책 있으세요?", "아니요, 그냥 구경삼아 들렀어요.", "아, 예, 그럼 천천히 보세요."

주인은 사람이 반가웠나 보다. 떠날 생각은 않고 이 책은 어떻고,

저 책은 어떻고 한참을 설명한다. 책의 내용을 훤히 꿰차고 있다. 그
가운데 필독서라며 한 권을 추천한다.

중국작가 다이 호우잉의 『사람아 아, 사람아!』다. 언젠가 지인으
로부터도 이 책에 대하여 들은 적이 있어 덥석 받아 들었다. 짧은
시간의 여행에서 건져낸 뜻밖의 선물이자 13,000원의 행복이다.

세상에서 가장 저렴한 두 가지 선물을 고르라면 단연 책과 신문
이다. 얇든 굵든 보통의 책값은 13,000~15,000원 사이다. 네 가지
맛을 담은 아이스크림(쿼터) 값에 불과하다. 아이스크림은 순간이
달콤하나 책은 영원히 달콤하다.

책들이 살고 있는 집은 힐링 쉼터다. 몇 번의 클릭으로도 책을
받아 볼 수 있지만 동네의 작은 책방은 느림의 여유가 있어 좋다. 서
두르지 않아도 되고, 재촉 받지도 않는다. 한 장 한 장의 책장을 넘
기는 손끝의 감촉은 부드럽고, 책이 지닌 퀴퀴한 냄새는 샤넬 향수
보다 향기롭다.

책 이상으로 값진 또 다른 선물이 있다. 새벽의 어둠을 뚫고 배
달된 신문이 그러하다. 신문의 한 달 치 구독료는 15,000원에 불과
하다. 신문 한 부에 수십 명, 수백 명 기자들의 노고가 담겨 있을 것
을 생각하면 공짜가 따로 없다.

거기에 밤늦도록 신문을 인쇄하는 윤전기를 돌리느라 잠을 쫓고
있을 사람들과, 새벽 어스름 깔린 이 골목, 저 골목을 뜀박질하여

현관문 앞까지 배달을 해 주는 사람, 그들의 수고가 밴 아침 신문은 고마운 선물이다.

신문이 있어 지구 반대편 브라질의 삼바 축제에 흥겨워할 수 있고, 유럽인들의 이모저모를 귀동냥할 수 있으며, 아시아의 작은 동네 소식까지 상세히 알 수 있다. 600원 정도 밖에 안 되는 돈으로 매일 아침마다 소중한 선물을 받아드는 셈이다.

소소한 행복을 주는 선물들은 많고도 많다. 퇴근길의 호프집, 뒷동산의 약수터, 영혼 탈출구 PC방, 구수한 향내의 커피숍, 땀 비린내의 헬스클럽… 모두가 선물 보따리며, 행복 쉼터가 아닐 수 없다.

행복을 건네는 선물 꾸러미가 지천에 깔렸음에도 눈여겨보지 않았다. 지친 마음을 어루만져 주고 활력을 불어넣는 소중한 것들을 너무 잊고 살았다.

1년 365일 날마다 선물이 아닌 날이 없다. 뜻밖의 선물에서 행복을 얻는다. 무엇보다 행복한 사람 옆에 있으면 너무나 행복하다. 내가 행복해야 옆의 사람들도 행복하다. 나부터 행복해져야 할 이유다. 소소한 일상에 안개처럼 뿌려진 숱한 선물들에 감사하고, 행복하다.

Chapter 3

일터, 직장 사람들의 아웅다웅

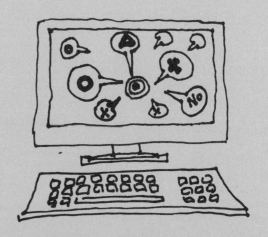

존중받지 못할 투명인간

투명하든 불투명하든 그것은 문제되지 않는다. 나란 존재만으로도 가치 있다.

'투명하지만 존재하고 있는 사람, 존재하지만 투명한 사람, 같지만 다른', 한때의 카톡 프로필 문구처럼 언젠가 난 투명인간이었다. 투명하나 존재하고, 존재하나 투명했던 사람, 그것이 나였다.

직장 생활한지 20여 년을 넘어섰을 때 갑작스런 보직 발령을 받아 전혀 경험하지 못한 낯선 부서, 낯선 업무와 마주했다.

전국의 회원들이 납부하는 회비로 운영되는 직장이었으나, 대부분의 회비는 회원들이 중앙회의 계좌나 카드를 이용해 직접 납부하거나 분회-지부를 거쳐 납부한다.

중앙회 직원이 일선 회원들을 찾아가서 회비 납부를 독촉하거나, 직접 회비를 수납하지는 않는다. 하지만 이동한 부서에서 새롭게 부여받은 업무는 바로 그 회비 수납이었다. 조직에선 계급이 깡패다. 받아들이든, 떠나든 양자택일해야 했다.

그러나 생계가 달린 직장인의 선택지는 그리 많지 않다. 확실하게 이직할 수 있는 길이 보장되면 몰라도 그렇지 않다면 참는 수밖에 없다.

어떤 것을 선택하든 고통이 따른다. 새로운 직장을 얻는다 해도 그곳에서 적응해 나가기란 쉽지 않고, 끝까지 남는다 해도 감내해야 할 스트레스가 만만치 않다. 더군다나 50대에 전문성을 살려 이직하기란 낙타가 바늘구멍 통과하기다.

그렇기에 현장에 나가 회비를 걷든지, 아니면 그만 두든지 선택해야 했다. 사표를 내던지는 것은 쉬우나 그 후폭풍을 생각하지 않을 수 없다. 한 순간의 벌컥 하는 마음으로 내던질 일은 아니다. 한 가족의 가장으로서 두 어깨에 짊어진 짐이 결코 가볍지 않기 때문이다.

'이 또한 지나가리라'는 마음을 먹고 버틸 것을 선택한 순간, 본격적인 싸움에 나서야 했다. 먼저 무엇보다 자신과의 싸움에서 이겨야 했다. "충성을 다했는데 이럴 수가 있어?", "이게 토사구팽이지 뭐야!", 마음 깊은 곳에서 부글부글 끓어오르는 분노의 마그마부터 다스려야 했다.

회비를 받으러 나가는 길은 일면식도 없는 회원들과의 싸움이었다. 그렇다고 승리하기 위해 총과 대포를 들고 갈 순 없는 일이다. 마음의 도끼를 내려놓고 밝은 미소와 단정한 복장, 불타는 열정을 주섬주섬 담아 나갔다.

처음 보는 회원들을 불쑥 찾아가 회비를 납부해달라고 말하는 일은 적지 않은 용기가 필요했다.

생판 모르는 사람이 와서 회비를 내놓으라고 할 때 그 어느 누구도 "옜다, 가져가라!"고 말하지는 않는다. 열이면 열 문전박대가 당연하다. 그래서 상대방의 입장이 되어야 했다. 회비를 달라고 닦달하지 않았다. 대신 팸플릿을 만들어 회사의 현황과 비전을 설명했다. 회사의 목적 달성을 위해 당신의 도움이 절실하다는 점을 호소했다.

진솔하게 말하고 솔직하게 답변하며 절대적인 도움이 필요하다고 읍소했다. 사람과 사람은 통한다. 그 길 위에서 사람을 만났고, 배움을 얻었다. 처음에는 환영받지 못할 불청객이었지만 점차 반가운 손님으로 변모해 갔다.

정작 넘어야 할 산은 따로 있었다. 회원들의 문전박대가 높은 산을 오를 때 처음 만나는 낮은 오르막 정도였다면, 함께 일했던 동료들의 낯선 행동은 숨을 헐떡이게 하는 가파른 깔딱 고개와 같았다.

"어, 이건 뭐지", 시나브로 투명인간이 되어가는 내 모습과 마주했다. "쟤가 저러면 안 되지", 하지만 어쩌랴, 정승의 개가 죽으면 문상을 가도, 정승이 죽으면 나 몰라라 하는 것이 세상 이치인 것을.

그동안 웃고 떠들며 밥을 먹고 술 한잔했던 동료들이 게걸음 치듯 슬금슬금 옆에서 멀어져 갔다. 하지만 그런 것에 맘 상하고 기분 나쁜 것은 잠시였다. 어찌 됐든 권력자들의 눈 밖에 나버린 나와 함께하는 모습을 다른 누가 보게 된다면, 인사상의 불이익을 당할지도 모른다는 그들의 걱정을 이해할 수 있었다.

오히려 내가 더 멀리 떨어져 있어야 그들이 편해질 수 있다는 것을 깨달았다. 그래도 마음은 넓은 바다에 홀로 떠 있는 섬과 같았다. 그럼에도 겨울은 봄에 밀려 사라졌고, 봄은 여름을 이기지 못해 도망갔다.

날이 거듭될수록 회비 수납률은 높아갔고, 그만큼 자존감도 커져갔다. 하루하루가 소중했고, 지금껏 보지 못했던 새로운 것들을 현미경으로 들여다보듯 더 자세히 볼 수도 있었다.

사람들의 속성에 더 가까이 갈 수 있었으며, 어느 동료가 진솔한지 옥석을 가릴 수도 있었다. 절망 속에서 허우적거릴 때 어느 동료는 희망을 담은 커피 한 잔을 몰래 자리에 놓고 가곤 했다.

거친 바람을 맞으며 걷다 보면 나만 혼자 힘든 것이 아님을 깨닫게 된다. 나보다 더 힘든 사람들의 모습이 수도 없이 많이 보였다. 이웃들의 일상을 보며 그도 어쩔 수 없는 처지라는 것을 이해했다. 시선의 변화는 관점을 바꿔 부정을 몰아내고 긍정을 맞이했다.

지금 발 딛고 있는 곳이 너무도 소중했다. 그때야 비로소 투명인간에서 탈출할 수 있었고, 투명인간이었던 나를 인정했다. '참고, 참

자. 꼭 버티자.'는 강박에서 벗어났다.

전혀 참을 필요가 없었다. 가슴을 펴고 불어오는 바람에 정면으로 맞섰다. 더 이상 투명인간이 아닌, 실존하는 한 사람으로 나를 받아들였다. 투명하든 불투명하든 그것은 문제되지 않았다. 나란 존재만으로도 가치 있었다.

내가 유일한 주연이었으며, 엑스트라와 조연은 그 어디에도 없었다. 누구도 침범할 수 없는 나만의 시공에서 침잠했다. 그리고 지금 살아 있다. 세상에 존중받지 못할 투명인간은 없었다.

"너의 쓸모 있음을 증명해 봐"

지금 '살아 있음'이 '쓸모 있음'이다. 더 증명할 이유가 없다.

어느 지하철역 보관함 '10번'에 버려졌던 아이였기에 지어진 이름, '일영'(김고은). 그는 오직 쓸모 있는 자만이 살아남는다는 차이나타운에서 '엄마'(김혜수)라 불리는 여자를 만난다. 엄마는 일영을 비롯해 자신의 필요에 의해 아이들을 거둬들이고 식구를 만들어 차이나타운을 지배한다.

돈이 되는 일이라면 어떤 일도 마다하지 않는 냉혈한 엄마에게, 일영은 유일한 안식처이자 데리고 있는 식솔 중 가장 쓸모 있는 아이였다. 어느 날 일영은 악성 채무자의 아들 '석현'(박보검)을 만나게 되는데, 그에게서 엄마와 다른 따뜻하고 친절한 세상을 만난다.

이런 분위기를 감지한 엄마는 일영에게 위험천만한 미션을 내린다. "증명해봐, 네가 아직 쓸모 있다는 걸."

영화 '차이나타운'(2015년)에서는 살아남기 위해 자신이 쓸모 있다는 점을 증명해야 한다. 엄마 역을 맡은 배우 김혜수 씨는 한 인터뷰에서 증명의 잔인함을 설명했다.

"'증명해봐 네가 쓸모 있다'는 말은 굉장히 잔인한 말이거든요. 살아있는 존재가 다 아름답다고 하지만 현실은 매 순간 증명해야 되잖아요. 내가 더 낫고 이 자리에서 무언가를 연장하기 위해서 증명하기를 강요당하는 사회라고 생각해요. 영화에서처럼 죽고 죽이는 건 아니지만 감정적으로는 그런 거죠. 별반 다를 바 없어요."

영화에서는 증명을 못하면 죽음이지만 이는 일시적 사망에 불과하다. 그러나 일상에서의 증명은 매우 위험한 도박과 같다. 자신이 최고의 패를 들고 있음을 증명하지 못하면 도태된다. 자신이 쓸모 있는 존재임을 증명해야만 도박은 계속될 수 있다.

증명만이 도태를 벗어나는 길이다. 문제는 '쓸모 있음'을 증명한다는 것이 너무도 모호하다. 상당 부분 그를 바라보는 다른 사람의 주관에 의해 결정되기 때문이다. 쓸모없는 존재는 없을 진데, '쓸모 있음'을 증명하라고 하니 얼마나 난해한 문제가 아니겠는가.

눈물을 쏟고 피를 토하며 증명해도 나를 평가하는 사람의 관점에 따라 존재의 가치가 쓰레기처럼 쓸모없을 수도 있고, 보석처럼 빛날 수도 있다.

누구나 증명을 요구받고 있는 시대다. 나 또한 예외는 아니다. 가족이란 울타리 안에서 '가장'의 존재 가치를 증명해야 한다. 정말

한 가족의 기둥인 '가장(家長)'인지, 별 볼일 없이 '가장' 끝자리에 있는 사람인지를 아내와 아이들로부터 평가받아야 한다.

집 밖에서의 증명은 또 다른 차원이다. 철저하게 자신의 쓸모 있음을 확인시켜야 한다. 확인시키지 못하면 존재의 가치를 부정 당한다. 한 직장서만 20여 년 근무하며 '쓸모 있음'을 지속적으로 증명해왔다고 여겼으나 그것은 나만의 착각이었다.

어느 한 순간 한직이라 일컬어지는 낯선 보직으로 인사 발령받았다. 회사의 임원은 나의 '쓸모 있음'에 대해 내 생각과 달랐던 것이다. 오랜 세월 근무했다는 것이 증명의 확인증은 아니었다.

쓸모없는 존재로 사라질 것인지, '쓸모 있음'을 새롭게 증명할 것인지, 답답한 과제를 받아 들었다. 타인의 부정적 인식을 바꾼다는 것은 매우 힘들다. 모멸 가득찬 시선을 이겨내기 전 나 자신부터 이겨내야 했다. 한 발 더 밀리면 벼랑 끝이기에 나는 참 괜찮은 놈이라고 스스로 마법을 걸었다.

그와 동시에 지금껏 익숙하고 편안했던 것들과도 이별했다. 컴퓨터 리셋(reset)하듯 나를 새롭게 세팅(setting)했다. 증명의 시험대에 벌거숭이처럼 선 이상 민낯 그대로의 온전한 내 모습을 내보여야 했다. 쓸모 있음을 증명하지 못한다면 살아남을 수 없었다.

몇 년의 세월이 흐른 후 제자리를 되찾았다. 결국 증명해 낸 셈이다. 하지만 결코 그렇지 않다. 난 나의 쓸모 있음에 대해 새롭게 증명해 낸 것이 없다. 내가 살아왔던 본래의 모습을 보인 것이 전부다. 그것이 나였다.

나 아닌 다른 모습으로 분칠하여 나를 팔고 싶지 않았다. 그냥 묵묵히 내가 나임을 알렸고, 그것만이 나다운 나를 가장 올바로 증명하는 길이었다.

설령 나의 쓸모 있음을 증명하지 못해 회사를 그만두었다 해도 나를 증명시키기 위해 애쓰진 않았을 것이다. 나란 존재는 세상에 유일무이하다. 지금 '살아 있음'이 '쓸모 있음'이다. 더 증명할 이유가 없다.

최고의 명약은 기다림

⋮

기다림은 세상을 제대로 보지 않던 나의 무심을 내리친 죽비(竹篦)다.

"당신의 자리는 그 자리가 아닙니다." 50대에 접어들자마자 새로운 보직을 발령받았다. 내 집, 내 안방 같은 둥지에서 쫓겨난 기분이었다. '이제 어떻게 하지', '뭘 해야 하지', 초조와 불안이 엄습했다. '열심히 살아 왔는데, 이게 뭐지', '온 몸 바쳐 충성했는데', 하지만 현실은 냉혹했다.

새롭게 등장한 회사 임원들은 기존의 틀을 뒤엎고자 했다. 신진 세력들에게 현재의 틀은 쓸어버려야 할 과거였고, 낡아 빠진 구두 밑창 같았다. 갑작스럽게 불어닥친 회오리바람에 멀리 나가 떨어졌다.

버틸 것인가, 말 것인가? 갈림길에 섰다. 있어도 그만, 없어도 그만인 부서로 발령 낸 것은 퇴사를 종용하는 무언의 압박이었다.

낯선 자리에서 과연 무엇을 할 수 있을지를 고민했다. 세상에 하찮은 일은 없다지만 20여 년 동안 꾸준히 갈고 닦은 전문성이 하루 아침에 씹고 난 껌 취급 받는 것에 속이 아팠다.

새 자리는 그동안 축적한 전문성과 경험이 별 도움이 되지 않았다. 힘들게 쌓아 올린 공든 탑이 와르르 무너져 내리는 심정이었지만 어디 마땅히 하소연할 곳도 없었다. 그렇다보니 자신감은 점점 더 작아져만 갔다.

마음 속 깊은 상처는 시간이 흘러도 아물기는커녕 더 크게 곪아 갔다. 맛난 음식을 먹어도 맛을 느낄 수 없었고, 조금만 먹어도 속이 더부룩해져 불편했다. 눈앞에 날파리가 날아다닌다는 비문증(飛蚊症)도 생겼다. 머리는 지끈지끈거려 출근하기 싫었다.

'난 왜 이 모양이지', 머리를 숙여 땅바닥만 쳐다보았고, 따사로운 햇볕을 향해 고개를 들기 싫었다. 친했던 동료들까지 수군수군하며 비웃는 것 같아 도망치고 싶었으나 딱히 갈 곳이 없었다.

'도대체 무슨 일이 생긴 거지?', 수차례 자문해도 답을 구할 수 없었다. 느릿느릿 걸어도 심장박동은 터질 것처럼 요동쳤다.

지치고 힘들 땐 어떻게 하지요? "치맥이요", "축구요", "진한 커피 한잔이요", "여행이 최고죠", "무조건 걷죠", "잠이 보약이죠", 평소 같으면 쉽게 나올 답들을 감조차 잡기 힘들었다. 그렇게 몸과 마음이 얼어 갔다.

단박에 해결할 수 있는 묘수는 없었다. 긴 터널을 빠져나가는 유일한 방법은 계속 달리는 게 최선이었다. 터널의 끝이 보일 때까지 참아 내야만 했다. 어둠이 물러나면 빛이 다가올 것이란 믿음으로 기다렸다.

"인생을 다시 시작할 수 있다면 다음에는 더 많은 실수를 저지르며 살리라. 완벽하게만 살려고 하지 않으리라. 매사에 여유를 갖고 긴장을 푼 채로 세상사를 받아들이고 항상 몸을 부드럽게 가꾸며 살리라. 가능한 한 매사에 모든 일을 심각하게 생각하지도 않으리라. 자연의 운명에 나를 떠맡긴 채 주어지는 일상에 감사하고 또 더 많은 기회를 붙잡으리라. 더 자주 여행을 다니고 더 자주 지는 노을을 바라보며 하루의 삶에 감사하리라."

어느 앞서간 이의 묘비명이다.

나 역시 너무 앞만 보고 달려왔다. 무조건 직선으로만 내달렸다. 최선이 최고라고 여겼다. 그러나 세상은 그렇지 않았다. 때론 아첨과 아부가 약방의 감초처럼 필요하다는 것을 깨달았다. 정의와 불의로 양분할 수 없는 중간 지대가 있다는 것도 너무 늦게 알았다.

시련을 겪으며 원칙을 바꿀 수 있는 유연한 사고를 길렀고, 가파른 오르막길을 오를 수 있는 힘을 키웠다. '인생사 새옹지마(塞翁之馬)'를 흥얼거렸고, '전화위복(轉禍爲福)'을 노래했다.

잘 될 것이라는 희망의 끈을 놓지 않았고, 이 또한 지나가리라는 믿음으로 마음의 근육을 단련시켰다. 역시 기다림은 최고의 명약(名藥)이었다. 온갖 약을 털어 넣고 응급수술을 해도 치료할 수 없었던 아픔은 기다림으로 서서히 치유되어 갔다.

상처가 아문 뒤, 고통스럽던 세월은 단지 잃어버린 시간만은 아니었다. 울고 있는 사람에게 눈물을 훔칠 손수건을 건넬 수 있는 아량이 생겼고, 한없이 추락한 것만큼 더 높이 날 수 있다는 자신감도 돌아났다.

굴욕의 뺄셈만 있었던 것이 아닌 성장의 덧셈이 되는 발판이었다. 기다림은 세상을 제대로 보지 않던 나의 무심을 내리친 죽비(竹篦)였다. 그때 난 상처가 험난한 세월의 면역제가 돼 지금의 나를 키우고 있다.

직장인의 장수 비결 세 가지

직장인의 장수 비결…벙어리 3년, 귀머거리 3년, 장님 3년으로 살라.

"귀하께서는 본사에 재직하시면서 어려운 여건 속에서도 남달리 뛰어난 열정과 성실성으로 회사 발전에 기여하였으며, 탁월한 통솔력과 솔선수범하는 자세로 모든 직원의 모범이 되었기에 전 임직원의 감사의 마음을 담아 이 패를 드리며, 앞날의 무궁한 발전을 기원합니다."

정년퇴임하는 직원이 받아든 재직기념패의 문구다. 겹겹의 험난한 세월을 버텨내고 퇴임식 자리에 선 그의 모습이 부러웠다. 정년퇴임이 하늘의 별따기만큼이나 힘들다는 것을 알기에 더욱더 위대해 보였다.

"이런 영광스런 자리를 마련해 주셔서 감사드리며, 오늘이 있기까지 물심양면 도움을 아끼지 않으신 임직원 여러분들의 배려에 깊은 감사를 드립니다. 비록 몸은 떠나지만 언제라도 우리 회사의 발전과 여러분들의 건승을 위해 늘 기도 드리겠습니다."

고별사를 마친 그는 한 아름의 꽃다발을 안은 채 동료들의 환송을 받으며 정문 밖으로 서서히 멀어져 갔다.

나이 육십을 꽉 채워 맞이한 정년퇴임은 성실함만 갖고는 이룰 수 없다. 행운의 열띤 응원이 있어야 가능하다. 이와 더불어 열정, 성실성, 통솔력, 솔선수범, 모범 등 재직기념패에 새겨진 문구와 같은 양념이 인고의 세월과 잘 버무려져야 정년이라는 영광을 맛볼 수 있다.

정든 직장서 마지막 퇴근의 발길을 옮기는 그에게 물었다. "정년 퇴임의 비결은 무엇인가요?" 잠시 망설이더니 분명한 어조로 대답한다.

"전문성과 조화 그리고 건강이었던 것 같아요. 자신의 분야에서만큼은 스페셜리스트가 돼야 해요. 최고의 전문성을 지녀야지요. 일 못하면 절대 버틸 수 없어요. 일 잘하는 게 뭘까요? 자신의 업무를 완벽히 처리하는 거예요. 전문성이 부족하면 꿈도 꿔선 안 돼요. 내 일에서만큼은 최고 전문가가 돼야 해요."

60년을 묵혀왔던 비방의 대방출이었다. 비방 공개는 여기서 그치지 않았다. "두 번째가 조화인데, 아프리카 속담에 이런 말이 있지요. '빨리 가려면 혼자 가고, 멀리 가려면 함께 가라'고요. 회사 생활은 단거리가 아니고 마라톤 경주예요. 혼자선 절대 완주 못해요. 페이스메이커가 있어야 해요, 여럿이 선두경쟁을 하며 함께 달려야 결승선을 통과할 수 있어요. 주변 동료들을 존중해야 가능해요."

세 번째의 비방 공개는 살짝 머뭇거렸다. "사실 이 부분은 나도 완벽하지 못했어요. 모두가 건강을 자신하죠. 건강이란 게 어디가 안 좋아봐야 소중함을 알잖아요. 정말 건강은 건강할 때 지키라는 말이 딱 맞아요. 꾸준하게 건강 관리하세요. 버티다 보니 건강도 경쟁력이란 걸 깨달았어요. 건강하지 못하면 아무 것도 할 수 없어요."

동료 직원들의 환호와 부러움을 가득 안고 떠난 그, 남은 자들 모두는 그가 되길 꿈꾼다. 나 또한 머지않은 날 정년퇴임식 자리에 서길 바란다.

모두가 같은 길 위에 서 있다. 누구는 중도에 멈출 것이고 또 다른 누구는 끝까지 달려 갈 것이다. 결승선 통과는 아무에게나 쉽게 허락되지 않는다. 죽을 힘 다해 끝까지 완주하는 자만이 월계관을 쓸 수 있다.

몇 년 후 내게도 그런 영광의 날이 있기를 기도한다. 그때 누군가 정년퇴임의 비방을 가르쳐달라면 과연 어떤 말을 해줄 수 있을까? 감정에 벅차 아무 말도 할 수 없을 듯하다. 퇴임식 자리서 자신의 생각을 또박또박 말하는 모습이 낯설다. 아마 정년퇴임식 장면을 너무 보지 못했기 때문이리라. 그만큼 우리 회사에서 정년을 맞이하기란 하늘의 별따기와 다를 바 없었다.

그럼에도 장수 비결의 세 가지, 대단하지는 않지만 꼭 말하고 싶은 것은 있다. 실제 정년퇴임을 맞이할 때 즈음이면 생각이 달라질 수도 있다. 하지만 지금까지 갖고 있는 생각을 이야기하라면 몇 마디는 말할 수 있을 듯싶다.

첫째는, 벙어리 3년, 귀머거리 3년, 장님 3년으로 살라. 직장 생활은 시집살이와 다를 바 없다. 다만 시집살이하듯 무조건 3년을 살라는 게 아니다. 말은 하되 뒷담화는 삼가고, 듣긴 하되 부정적 이야기는 듣지 말고, 보긴 하되 꼴불견까지 다 보려고 하지는 마라.

둘째는 어울림이다. 성공적인 직장 생활을 위한 핵심 키워드다. 동료들과 어울려라. 조화로움을 싫어하는 동료는 아무도 없다. 네가 하는 만큼 다른 동료도 네게 똑같이 한다. 받는 것 이상으로 주려고 하라.

셋째는, 다시 벙어리 3년, 귀머거리 3년, 장님 3년으로 살라. 살아남은 자가 강한 자다. 어떻게 살아남았겠는가? 참았기에 살아남았다. 참는 게 최고다. 참다 보니 여기까지 와 있다. 더러워도 참아라.

인내와 어울림 그리고 또 다시 인내, 이것이 내가 지니고 있는 비방의 전부다. 더 이상의 비방은 없으며 이것이 지금껏 내가 살아온 삶의 방식이다.

이 세 가지의 비방이 만병통치약은 결코 아니다. 각자 처한 상황마다 천차만별의 처방이 있을 수 있다. 나 또한 매우 중요한 관문 앞에 서 있다. 과연 내가 정년퇴임이라는 영광스런 문을 통과할 수 있을지 장담할 수 없다. 하루는 짧고, 너무도 길기 때문이다.

직장인들의 꿈, 놀이터 같은 일터

일터는 전쟁터가 아니며, 놀이터도 아니다. 하지만 일터를 놀이터로 만들 순 있다.

"어이, 이것 좀 빨리 해줘", "아니, 아니 그것 말고 저것!", "겨우 이 정도야", "도대체 이해할 수가 없네", 전쟁터 같은 직장에서 총알처럼 빗발치는 사무적인 말들이다.

직장 생활은 참 고리타분하다. 왜 재미없을까? 너무 목표 달성에만 초점을 맞추기 때문이다. 과정은 무시하고 결과만 중시한다. 돌격 명령에 죽기 살기로 앞만 보고 돌진해야만 한다. 우회전, 좌회전, 유턴 표시는 도로에나 존재할 뿐, 직장에서는 오로지 직진만 있다.

아프리카에 스프링 폭스라는 산양이 있다. 이들은 수십, 수백 마리씩 무리지어 다니며 산다. 들판의 풀을 조금이라도 먼저 뜯어 먹으려고 산양들끼리 항상 치고받고 한다. 그렇다 보니 저 멀리 있는 풀을 뜯으러 갈수록 발걸음이 빨라지고, 뒤따르는 양들도 덩달아 앞으로 뛰어나간다.

결국에는 앞선 무리의 양들이 뛰고, 뒤따르는 양들도 같이 뛴다. 어느 양 하나도 그만 뛰자고 말할 새 없이 숨 막히는 질주만 계속된다. 절벽이 바로 코앞인데도 브레이크가 없다. 앞서던 양들이 낭떠러지 아래로 떨어지고 뒤따르던 양들도 덩달아 추락하기 일쑤다.

직장인들도 스프링 폭스 떼와 비스무리하다. 풀을 향해 질주하는 것과 목표를 향해 폭주하는 것이 다르다는 근거를 찾을 수 없다. 앞만 보고 치달리니 되돌아볼 여유가 없다.

계급 문화는 군대에만 있지 않다. 부르는 명칭만 다를 뿐 직장도 똑같다. 이병-일병-상병-병장-하사-중사로 이어지는 계급처럼 직장 역시 담당-대리-과장-차장-부장-국장의 계급으로 운영된다. "김 이병!", "네 이병 ○○○"라고 관등성명만 대지 않을 뿐이다. 명령과 복종, 지시와 수행의 수없는 반복은 똑 닮았다. 군대나 직장이나 계급이 깡패인 것도 마찬가지다.

단순 업무의 무한 반복은 직장 생활의 재미를 반감시킨다. 수포자의 수학시간처럼 지루한 일상이 반복된다. 그렇다 보니 항상 피곤하다. 피로해소 '가스 활명수'나 건강 충전 '비타500'을 아무리 들이켜도 해결할 수 없는 만성피로다.

동료 간의 엇박자도 지치게 한다. 골키퍼-수비-미들-공격으로 이어지는 축구팀처럼 유기적이지 않다. 축구는 팀원 간의 패스 플레이가 연속되는 스포츠다. 패스로 시작해서 패스로 끝난다. 골인은 패스의 마지막이다.

하지만 직장에선 패스가 생략된 채 단독 플레이가 난무한다. 패스 게임이 아닌 개인플레이로 승부를 짓고자 한다. 그러니 힘들다. 패스, 패스하면 쉽게 풀어 나갈 것을 혼자 다하려다 보니 열 배, 백 배 힘들다.

흐름에 맞춰 같이 뛰어야 하는데 혼자 냅다 뛴다. 먼저 뛰어야 싱싱한 풀을 뜯어 먹을 수 있을 것으로 착각한다. 스프링 폭스처럼 말이다.

경쟁심이 가열되다 보니 푸른 초원은 포연 가득한 전쟁터로 바뀌었다. 전쟁터에서는 무조건 고지를 점령하여 승리의 깃발을 꽂아야만 한다. 그러나 일터는 전쟁터가 아니다. 돌격 앞으로만 외쳐 대서는 안 된다.

전쟁터 같은 직장이 아닌 놀이터 같은 일터는 얼마든지 가능하다. 목표 달성만을 강요하지 않으면 된다. 직장인은 입력만 하면 출력 값을 쏟아내는 인공지능(AI)이 아니다. 개인플레이보단 팀워크를 중시하면 된다. 개인의 성과에 초점을 맞추지 말고, 팀원의 실적에 가중치를 부여하면 해결될 일이다.

멈춰가는 심장에 활력을 불어넣을 심폐소생술을 해야 한다. 활력의 바람은 칭찬이다. 한 번도 보지는 못했지만 칭찬은 고래도 춤추게 한다. 칭찬만큼 확실한 동기부여도 없다.

쓸데없는 족쇄들을 과감히 없애야 한다. 사훈, 규정, 규칙, 정관, 내규, 지침 등 불필요한 조항 한 줄 한 줄이 직원들의 자율을 옥죄고 있는 것은 아닌지 세심히 살펴야 한다.

직장 문화의 개선도 두말할 나위가 없다. 꼰대 문화를 휴지통에 버려야 한다. 언제까지 까라면 깔 것인가. 깔 것이라도 많으면 모르겠다. 얼음덩어리 같은 수직적 상하가 아닌 솜사탕 같은 수평적 평등으로 리셋해야 한다.

땀 흘리는 만큼의 적절한 대가도 당연하다. 급여는 공짜가 아니다. 수고에 대한 정당한 보상이다. 숭고한 노동이 있어 직장이 움직인다. 밥벌이, 돈벌이, 앵벌이로 비하해선 안 된다.

일터는 전쟁터가 아니며, 놀이터도 아니다. 하지만 일터를 놀이터로 만들 순 있다. 직장 생활이 즐겁지 않을 이유가 없다. 모든 직장인들은 놀이터 같은 일터를 꿈꾼다.

왜, 회사를 떠나는가?

사람은 사람의 관심을 먹고 자란다. 좋은 윗사람이 좋은 아랫사람을 만든다.

감색 정장을 말끔하게 차려입은 젊은 남성과 여성들이 초조한 모습으로 줄지어 앉아 있다. 같은 층 옆 사무실에서 신입직원 채용 면접이 진행 중이다. 자신의 차례가 다가오기를 기다리고 있다. 저마다의 표정이 참전 용사들 같다.

무척 불안하고, 떨리는 자리일 것이다. 젊은 시절의 나 또한 그랬다. 면접관의 선택을 받기 위한 간절했던 마음이 잊히지가 않는다.

입사 원서를 제출하는 족족 떨어졌다. 자존감도 땅바닥의 껌딱지가 됐다. 그렇다 보니 면접장에서 자신감 충만한 모습을 나타내 보인다는 것이 얼마나 힘든 줄 안다. 근엄한 표정의 면접관들과 그들 앞에서 불안으로 떨고 있었던 나.

"왜 우리 회사를 지원했죠?", "취미는 무엇인가요?", "지원 분야가 본인의 적성과 잘 맞을 것 같아요?", "여기서 뼈를 묻을 각오는 돼 있나요?", 구직자들을 탐색하는 질문이 이어졌다.

드디어 내 차례, 여러 질문과 답변이 오고 갔다. 어떤 질문을 받았는지는 거의 기억나지 않는다. 생각나는 것은 딱 한 가지다. 당시 우리 사회 곳곳서 시위가 심심찮게 벌어지고 있었다.

"요즘 들어 민주화네 뭐네 하고 시위가 부쩍 늘었는데 어떻게 생각하세요?" 생각지 못했던 질문에 무척이나 당황했었다. 무슨 대답을 했는지는 기억나지 않고 우물쭈물했던 모습만이 선명하다.

얼마나 기다리고 기다렸던 면접 시간이었는데, 제대로 답변도 못한 내 자신에 화가 났다. 수십 군데에 자필로 쓴 이력서와 자기소개서를 보낸 끝에 얻은 기회였다. 그 기회를 잃은 것 같아 착잡했던 젊은 시절이 떠올랐다.

국내 서점가에서 베스트셀러로 부상한 적 있던 『일본전산 이야기』는 일본 대기업인 '일본전산'의 독특한 신입직원 채용 방식을 담아 독자들의 눈길을 끌었다.

'일본전산'의 채용 면접은 형식에 불과했다. 채용 여부는 면접자들이 식당에서 단체로 밥을 먹을 때 결정됐다. 식어 빠진 딱딱한 밥을 나누어 주고, 그 밥을 빨리 먹은 후보자를 채용했다. 이유는 간단했다. 거친 밥을 우걱우걱 잘 씹어 먹는다면 다른 일을 시켜도 잘 할 것이라는 기업의 운영 철학에 부합했기 때문이다.

'일본전산'의 독특한 채용 문화는 그뿐만이 아니다. 잔뜩 긴장한 구직자들이 앉아 있는 면접 대기실에 일부러 휴지를 떨어뜨려 놓고 그들의 태도를 관찰한다. 대부분 탈락이다. 휴지를 주워 자신의 호주머니에 넣은 후보자만이 합격할 수 있었다. 타인을 배려하는 마음과 솔선수범의 자세를 높이 평가했기 때문이다.

요즘은 사용자와 구직자 모두가 힘들다. 사용자는 회사의 이념에 딱 맞아떨어지는 신입직원을 찾기 어렵고, 구직자는 자신이 희망하는 일자리를 찾기 어렵다.

사용자는 입사 지원자의 훌륭한 스펙보다는 다소 스펙이 부족하더라도 괜찮은 인성을 지니고 있어 동료들과 화합하며 오래 근무할 것 같은 인력을 채용하려고 신경을 쓴다.

이에 반해 구직자는 업무 적성, 전공 여부, 연봉과 복지후생, 근무여건, 회사 문화, 승진 기한 등을 꼼꼼하게 체크하고, 자신의 화려한 스펙을 앞세우며 자신이 지원 회사에 가장 적합한 최고의 인재라고 호소한다.

사용자의 생각과 구직자의 기대가 서로 일치해 높은 경쟁률을 뚫고 입사가 결정됐다 해도 그것이 끝이 아니며 다시 새로운 문제에 봉착하게 된다. 구직자는 근무하는 동안 자신이 기대했던 것과 조금이라도 다르면 미련 없이 이직하고 만다.

퇴사자 입장에서는 근무한 만큼 아까운 세월을 허비한 것이고,

사용자의 경우 업무의 연속성이 사라진 만큼 손실을 입는 셈이다.

그렇다면 구직자들은 왜 그토록 힘겹게 구한 직장을 쉽게 그만 둘까? 적성에 맞지 않는 업무, 군대 같은 꼰대문화, 과도한 업무량, 쥐꼬리 같은 월급 등 사정은 저마다 다를 것이다.

'절이 싫으면 중이 떠난다'는 말처럼 자신의 기대와 다르다면 과 감히 사표를 던지는 게 낫다. 하지만 퇴사와 재직 사이에서 고민하는 직원이 있을 때, 그를 어떻게 포용할 것인지는 회사가 풀어야 할 숙제다.

입사 초기에는 모든 업무가 낯설다. 때론 두렵고 불안하기도 하다. 그렇기에 퇴직과 재직의 갈림길에 선 직원에게 무엇을 요구해야 할지는 명확하다. 해답은 기다림이다. 올챙이 시절 안 겪은 개구리 는 없다. 인내를 갖고 기다려 주는 것이 최선이다.

다그치고 독촉하는 게 답이 아니다. 인풋만큼의 아웃풋을 기대 해선 안 된다. 감나무의 감이 익으면 저절로 떨어지듯 여유를 갖고 느긋이 기다려야 한다. 원하는 모든 결과물은 사람으로부터 나온 다는 점을 잊어선 안 된다. 우리 사람으로 만드는 것이 우선이다. 최 상의 주재료는 역시 기다림이다.

다음의 보조 재료는 존중이다. 흔들리는 직원을 잡아두는 최고 의 비결 중 하나다. 이를 위해서는 무엇보다 윗사람이 좋아야 한다. 사람은 사람의 관심을 먹고 자란다. 좋은 윗사람이 좋은 아랫사람

을 만든다. 그러니 당신도 좋은 윗사람이 돼라. 그것이 뼈를 묻을
사람을 만든다.

화려한 이력, 초라한 이력

각자의 이력은 유기적 협업을 가능케 하는 퍼즐일 따름이다.

업무 관계로 만난 A씨와 간단히 인사를 나눈 후 명함을 교환했다. 몇 줄씩 써내려간 화려한 이력이 눈에 띈다. 앞면은 본인의 얼굴 사진과 현재 소속, 직책이 간단히 표기돼 있다. 하지만 뒷면은 다르다. 작은 글씨로 쓰인, 십여 개에 이르는 이력들이 빼곡했다. 대단한 또는 대단했던 사람인가 보다.

사회생활을 하다 보면 다양한 사람들을 만난다. 그 가운데 가장 흔한 사람들은 평범한 회사원들이다. 그들은 아침 일찍 출근하고, 저녁이 되면 출발했던 그 곳으로 되돌아가는 일상을 반복한다.

운송 기사는 이런 회사원들과 동선을 함께하는 동행자다. 택시, 버스, 전동차 기관사가 그렇다. 또 24시간 영업하는 기사식당의 아주머니가 그들과 함께하고, 차고지에서 수고한 차들을 맞는 수리 기사들의 하루도 비슷하다. 서로서로 많이 다르지 않는 반복된 일상의 연속이다.

한 명 한 명의 삶을 글로 엮으면 모두가 한 편의 장편 소설이다. 다만 흥미진진한가, 무미건조한가의 차이만 있을 뿐이다. 이 또한 각자의 입장에서는 처음부터 끝까지 스펙터클(Spectacle)한 소설이 아닐 수 없다. 모두가 자신이 쓴 소설 속의 주인공이다. 어느 누구도 조연이 아니며, 엑스트라는 더더욱 아니다.

회사에서 종종 신입직원의 입사 서류를 보게 된다. 대부분이 뛰어난 스펙들을 지니고 있다. 나로서는 듣도 보도 못했던 다양한 이력과 화려한 자기소개서에 주눅 들기 일쑤다.

서울의 명문대학 출신, 뛰어난 외국어 구사, 대단했던 인턴 경험, 최상급의 컴퓨터 활용 능력, 세계 일주 배낭여행, 훤칠한 용모, 패기 넘치는 자신감 등 어느 것 하나 흠잡을 데 없다.

내가 입사했던 1993년과는 비교할 수 없을 정도다. 그때 제출했던 이력서와 자기소개서를 오늘날과 비교한다면 단박에 빵점 처리로 서류 전형부터 불합격일 것이다.

신입이든 경력이든 사방을 둘러보면 화려한 이력의 소유자들이 무척이나 많다. 그들에 비해 나의 명함은 매우 단출하다. 사명(社名)과 직책(職責)이 전부다. 한 곳에서만 28년째 몸담고 있어 명함에 담을 것이 별로 없다. 대리-과장-차장-부장…. 그때그때 직책만 조금씩 바뀌었을 뿐이다.

긴 세월이었으나 명함에 담을 수 있는 말은 '재직 중(1993~2021)' 이라는 세 단어로 축약할 수 있다. 참 볼품없고 내세울 것도 없다. 다람쥐 쳇바퀴 돌듯 출퇴근만 무한 반복했다. 그러는 동안 무엇을 해왔는지 기억마저 흐릿하다. 무엇인가 많은 것을 한 것 같은데 뚜렷이 내세울 것이 없다.

그럼에도 나 스스로를 인정한다. 그래야만 행복할 것 같기 때문이다. 인정하지 못하면 세상의 외톨이가 될 듯하다. 내가 걸어온 발자취, 그 이력(履歷)을 사랑한다.

지금껏 무수한 변화가 있었다. 28년 전 첫 출근했던 곳으로 아직도 출근하고 있는 것만을 빼놓고는 많은 것들이 바뀌었다. 사랑하는 사람을 만나 하나가 둘이 됐고, 그 사랑의 힘으로 넷이 됐다. 그러는 동안 나이테는 촘촘히 쌓여 갔다. 나이테 마디마다 긴 세월의 아픔과 기쁨이 배어있다.

전체적으로 멋지거나 다이내믹하진 않았고 순간의 번뜩임도 적었다. 하지만 흐르는 냇물처럼 흐르고 흘러 어느새 여기까지 와있다. 깊은 웅덩이와 거대한 폭포도 만났으나 멈추지 않고 흘러 왔다.

'그래 대견해'라고 스스로를 위로한다. 그래야만 할 것 같다. 화려하진 않았지만 그래도 여기까지 걸어온 기나긴 세월. 이 길이 나의 발자취이자 숨길 것 없는 온전한 나이다.

무심코 발아래의 한 무리 개미떼를 보았다. 작고 까만 개미들이 이리저리 분주히 오고 간다. 생긴 것은 모두 같아 보이나 저마다 역할은 다르다. 수개미, 일개미, 여왕개미, 모두가 자신의 일에 열심이다. 덕분에 개미들은 영구한 세월 동안 살아남을 수 있었다.

빌딩 위에서 내려다보면 사람들의 모습이 개미와 별반 다르지 않다. 까맣고 조그맣고 개미처럼 여기저기를 오고 간다. 우리의 이력도 그렇다. 멀리서 바라보면 모두가 개미처럼 보이듯 초라함과 화려함도 다 거기서 거기다.

하나하나의 개성 있는 이력들이 모여 더불어 살아갈 뿐이다. 각자의 이력은 유기적 협업을 가능케 하는 퍼즐 조각일 따름이다. 사회는 각각의 퍼즐 조각을 맞춰 완전체를 만들어가기에 초라하든 화려하든 어느 것 하나 버릴 것이 없다.

모두가 각자의 이력을 지닌 채 스스로의 길을 걷고 있다. 그 길 위에 너도 서 있고, 나도 서 있다.

내 맘을 아는가?

'아름다운 사람은 떠난 자리도 아름답습니다', 내가 바라는 마지막 이별 모습이다.

"20여 년 동안 근무했던 정든 회사를 떠나게 되었습니다. 직원 여러분들과 동고동락하면서 근무했던 기억이 아직도 생생합니다. 직원 여러분 모두 건강하시고 건승하시기를 기원합니다. 감사합니다."

나의 분신 같았던 직장 동료가 갑작스럽게 퇴직하며 남긴 글이다. KTX를 타고 지방 출장을 가는 중 사내 단체 메시지 창을 통해 동료의 사직 소식을 접했다.

이런저런 이유로 적지 않은 압박을 받고 있다는 것을 알고 있었으나 그리 쉽게 사직서를 제출할지는 몰랐다. 더군다나 일언반구 상의도 없이 덜컥 사표를 낸 것에 마음이 많이 아팠다.

그와 함께한 수많은 추억들이 하나하나 소중했기에 그를 보내기가 싫었다. 지방 출장길 허름한 여관에서 소주를 나눠 마시며 주고받던 이야기들, 아이들 옷을 물려주고 물려받으며 키웠던 지난 날들. 언제라도 부르면 싫은 내색 한 번 없이 단번에 달려와 주었던 그, 늘 같은 동네로 이사 다니며 쌍둥이처럼 지냈던 그, 그가 이제 는 떠나고 싶다고 말한다.

20여 년을 함께했던 나의 동료, 나의 친구. 사실 그가 그만둘 것 같은 기미가 전혀 없었던 것은 아니었다. "너무 힘들어", "더 이상 버티기 어려울 것 같아", "그만둬야겠어"라는 말을 여러 차례 했었 다. 그럴 때마다 "그래도 참아 봐!"라고 만류했었다. 그래서 당연히 참아낼 줄 알았다. 하지만 그는 더 이상 버티지 못하고 그만두기를 선택했다.

길었던 회사 생활의 마침표를 찍으며 마지막 글을 올린 것이다. "…직원 여러분 모두 건강하시고 건승하시기를 기원합니다. 감사합 니다."

몇 초간의 정적 뒤 동료 직원들의 댓글이 줄줄이 달렸다. "수고 하셨습니다. 조만간 저녁자리 함 하시죠~", "엄청 고생 많으셨어 요!!!", "국장님 또다시 뵐 날이 있겠죠.ㅜㅜ", "너무 안타까워요", "선 배님의 어려운 결정을 무거운 마음으로 존중합니다. 언제나 건강하 시고 늘 행복하시기를 기원합니다."

좋았던 사람의 떠남에 모두가 마음 아파했다. 메시지 창은 그 후 에도 계속 울려 댔다. "제가 처음 입사해 출장을 같이 가면서 좋은 분이라는 걸 느끼게 해주셨습니다. 그땐 40이 채 안되셨는데, 벌써 시간이 이렇게 흘렀네요. 너무 아쉽고, 너무 보고 싶을 겁니다.", "국장님과 함께했던 경험들이 큰 영광이었고 많이 배우고 느꼈습니다. 건강하세요!", "국장님은 저의 영원한 국장님이세요. 너무 짧은 시간이었지만 정말 많은 걸 배웠고 항상 감사합니다." KTX 객실에서 터져 나올 것 같은 울음을 꾹 참으며 댓글을 달았다.

"내 맘 아는가…"

이후에도 그의 퇴직을 안타까워하는 댓글들이 줄을 이었다. 마음을 가다듬은 후 댓글을 다시 써 내려갔다.

"24년의 세월~~그동안 고생 많았고, 그대가 곁에 있어서 정말 행복했습니다. 이제는 스트레스 없는 곳에서 여유롭고 멋진 삶을 꾸려가길 기원합니다. 쓸쓸히 떠나가는 그대의 뒷모습이 바로 얼마 뒤의 내 모습일 수 있어 더욱 가슴이 아픕니다."

그리고 정현종 시인의 '방문객'을 올렸다.

사람이 온다는 건

실은 어마어마한 일이다

그는

그의 과거와

현재와

그리고

그의 미래와 함께 오기 때문이다

한 사람의 일생이 오기 때문이다….

    사람이 오는 것은 한 사람의 일생이 오는 것이다. 그렇다면 사람이 가는 것은 무엇인가. 백과사전과도 같은 그의 경험을 잃는 것이다. 경험에서 우러난 지혜의 창고를 불태우는 것이다. 사람은 사람을 중시해야 한다.

    그럼에도 모든 만남은 이별이 뒤따른다. 이별을 인정해야 함에도 갑작스런 헤어짐이라 마음이 더 아렸다. 오랜 친구 같은 나의 동료는 그렇게 떠났다.

    나 또한 머지않은 미래에 그의 길을 따를 것이다. 어떤 모습으로 떠날지는 정확히 알 수 없다. 어느 날 우연찮게 그 실마리를 화장실에서 얻었다. '아름다운 사람은 머문 자리도 아름답습니다', 아름답게 사라지는 것, 그것이 내가 풀어야 할 숙제다.

    '아름다운 사람은 떠난 자리도 아름답습니다', 마지막 이별 장면을 떠올리며 떠난 자리에 악취 대신 향기를 남기고 싶다. 당신이 머문 자리는 아름다웠다고 내 자신에게 이야기할 수 있는 그런 이별을 준비 중이다.

Chapter 4

쉼터, 삶의 여유와 힐링의 순간

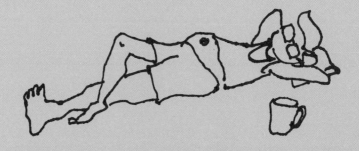

홀로 있다고 외로워 마라

사람이 사람을 아프게 하고, 사람이 사람을 낫게 한다.

질풍노도의 젊은 시절은 바람처럼 사라져 갔고, 서쪽 하늘에 노을 지듯 노년의 문턱으로 밀려들어 가고 있다. 돌아보면 내 자신에게 인색할 때가 참 많았다.

반짝이는 명품 로고가 은은히 박혀있는 손목시계, 미식가들의 발길이 머문다는 유명한 맛집, 최고의 인생 샷 장소로 각광받는 수많은 곳들, 그것은 로망이었다.

늘 갖고 싶고, 먹고 싶고, 찾고 싶었으나 언제나 그렇듯 늘 주저하고 말았다. 50대 후반을 달리고 있는 현재도 크게 달라진 것은 없다. 아직 다 마치지 못한 책무가 있어 마음속 욕망을 억누르며 지금껏 달려 왔다.

가장은 한 집안의 수호천사다. 슬퍼도 슬퍼말고, 기뻐도 기뻐말며 무덤덤한 표정으로 늘 그 자리에 큰 나무처럼 서 있어야 한다.

집 밖으로 나서면 전사(戰士)가 된다. 바윗덩어리가 짓누르는 것 같은 무거운 압박을 버텨야 하며, 천근만근 쌓이는 스트레스 정도는 소 닭 보듯 무시해야 한다. 그래야 전쟁터서 생존할 수 있기 때문이다.

그러는 사이 노화란 놈이 찾아와 맘과 몸의 이곳저곳을 좀먹으며 기능을 퇴화시켜 갔다. 날쌨던 순발력은 무뎌졌고, 동물적 감각은 둔감해졌다. 그뿐만이 아니다. TV를 보다 울컥할 때가 많아졌고, 혼밥을 하다 말고 수저를 내려놓기 다반사였다.

하지만 나이 듦이 모두 좋지 않고 버릴 것들만 있는 것은 아니었다. 머리숱이 줄어 휑해진 자리에는 풍부한 상상력이 돋아나고, 뻣뻣해진 관절 마디에는 유연한 사고의 인대가 싹트고, 오래 사용해 희미해진 눈은 마음의 천리안으로 다시 태어나 더 멀리, 더 넓게 볼 수 있게 되었다.

또한 사기(士氣)는 사그라지나 오기(傲氣) 만큼은 꼿꼿하다. 비록 몸의 바지런함은 줄어들었을지라도 마음까지 속절없이 무너져 내리고 싶지는 않기 때문이다. 안타까운 몸부림일 수 있으나 세월을 통해 비로소 내가 누구인지 그 해답을 얻고 있다.

그럼에도 숨길 수 없는 분명한 사실이 있다. 지치고, 힘들다. 올라갈 일은 없고, 내려갈 일은 많다. 여긴 내 자리라고 당당하게 차지할 공간은 줄어들고, 머물러 있을 시간 역시 점점 사라져 가고 있다.

문장을 이어가려면 쉼표가 필요하듯, 활력을 찾으려면 휴식이 필요했다.

어느 날, 지친 나를 일으켜 세우기 위해 하루 휴가를 내고 무작정 길을 나섰다. 이른 아침 구리포천고속도로를 내달려 도착한 곳은 포천의 산정호수다. 산정호수의 물결 위엔 짙은 안개가 뭉게구름처럼 내려앉았고, 넓은 호숫가 한편에는 서너 개의 오리 배만이 물결 따라 출렁거렸다.

한적한 호숫가를 걸으면서도 불안감은 가시지 않는다. 휴가를 내어 쉰다는 것이 익숙지 않은데서 오는 불편함이었다. 그럼에도 반복되는 출퇴근의 노선에서 벗어나 느낀 홀가분함은 머리를 맑게 했다. 호숫가를 느릿느릿 걷는 동안 거문고 줄 마냥 팽팽했던 긴장감도 서서히 느슨해졌다.

일던 바람이 멈춰 호수의 물결도 잠잠해질 때쯤 산정호수에서 멀지 않은 아트밸리로 발길을 돌렸다. 1960년대부터 화강암을 캐냈던 채석장을 새롭게 단장해 공원으로 만든 곳이다. 1990년대 들어 채석량이 급감하면서 운영이 중단된 폐채석장이 기암괴석과 호수 그리고 폭포와 어우러져 아름다운 자연공원으로 탈바꿈했다.

인적 드문 산속에 자리한 아트밸리에는 숲길을 따라 걷는 힐링 숲 산책로와 천주호, 조각공원, 하늘정원 전망대 등이 지상낙원처럼 펼쳐져 있다.

가을 아침의 서늘한 공기를 들이마시며 천천히 걷다보니 어느덧 바람소리만 스산한 하늘정원 전망대에 도착했다. 그곳에는 군청색의 작업복을 입은 한 노인이 낙엽을 쓸어 모으고 있었다. 그는 얼마 후 빗자루를 내려놓고는 벤치에 앉아 담배를 꺼내 물었다.

그가 손짓을 한다. 누구를 향한 손짓이지? 주위를 둘러봐도 나밖에 없다. 나를 부르는 손짓이었다. 그에게 다가갔다. 며칠은 면도하지 않은 듯 희뿌연 턱수염이 가뭇가뭇 어지럽게 나 있고 까만 때가 낀 손톱을 가진 그는 두 손가락으로 담배 한 개비를 집곤 내게 건넨다. "한 대 태워"

그에게 담배를 끊었다고 말할 수가 없었다. 담배를 받아 들었다. 그가 불을 붙여주려 나를 바라본 것 말고는 서로가 쳐다보지도 않은 채 담배 연기만 내뿜었다. 그가 뿜으면 내가 뿜었다. 그렇게 뿜어낸 담배 연기는 낙엽 따라 이리저리 뒹굴다 사라져 갔다.

문득문득 아트밸리가 떠오른다. 초가을 아침의 아름다운 풍경은 기억 속에서 희미하나 담배 한 개비를 건넨 노인의 표정만은 또렷하다. 아무 말 없이 나를 바라봤던 무표정이 너무 각인되어 잊을 수가 없다.

사람 때문에 난 생채기는 사람 때문에 아문다. 사람이 사람을 아프게 하고, 사람이 사람을 낫게 한다. 싫든 좋든 사람은 사람들과 부대끼며 살아가야 한다. 무작정 길을 떠나도 거기에 또 다른 길이 있다. 그 낯선 길 위에서 사람을 만난다. 홀로이지만 홀로가 아니어서 혼자라도 외롭지 않다. 그 길 위에서 홀로 선 나를 만난다. 그리고 나를 향한 사랑은 그렇게 깊어 간다.

SNS는 인생의 낭비다?

SNS는 인생의 재앙이자 축복이다. 독이 될지, 약이 될지는 순전히 활용의 문제다.

SNS는 인생의 낭비일까, 아니면 인생의 묘미일까? 무엇이 됐든 SNS는 삶의 일상이다. 휴전선을 지키는 국군 장병들조차도 일과 후에는 자유롭게 SNS를 한다. SNS에는 지금 이 순간에도 멋진 풍경, 맛난 음식, 웃긴 장면들이 쉴 새 없이 흘러넘치고 있다.

SNS는 잘 사용하면 약, 잘못 사용하면 독이다. SNS의 효용성 논란은 끊이질 않는다. 하는 게 낫다, 하지 않는 게 낫다. 적당하면 괜찮다, 적당할 수가 없다. 개인마다 차이가 있기 때문에 무 자르듯 좋다 나쁘다 단정 짓기 어렵다.

SNS는 강력한 소통 수단이다. 사람과 사람이 굳이 맞대면할 필요가 없다. 시공을 초월한 커뮤니케이션이 가능하다. 글, 사진, 영상을 수많은 사람들과 실시간으로 주고받을 수 있다.

일상에서 우리들이 내뱉는 말은 기록하거나 녹음하지 않는 이상

저장되지 않는다. 또한 의사 전달이 간결하다. 입을 벌려 떠들면 말이 된다. 목젖의 검열도 없이 상대방에게 쉽게 전달된다.

말은 하나의 신호다. 누군가 악! 소리를 지르면 심각한 사태가 발생했다는 뜻이다. 아! 소리가 들리면 무엇인가에 빠져 탄성을 내지르는 감탄사라고 상상한다.

말은 순식간에 소멸한다. 녹음을 하지 않는 이상 되찾을 수 없다. 그렇다고 말이 가벼운 것은 절대 아니다. 말은 무겁다. '말 한마디로 천 냥 빚을 갚는다', '남아일언 중천금'처럼 천 냥 빚도 갚을 수 있는 천금(千金)의 무게다.

SNS는 흔적을 남긴다. 주고받는 모든 메시지들이 흔적이다. 삭제하지 않는 이상 사라지지 않는다. 역사적인 명언과 서적들이 오늘날까지 전해질 수 있었던 이유도 흔적을 남겼기에 가능했다.

"사느냐 죽느냐 그것이 문제로다." 술자리에서 수도 없이 내뱉는 희대의 명언이 됐다. 셰익스피어가 『햄릿』을 통해 흔적을 남겼기 때문이다.

『조선왕조실록』, 『훈민정음』, 『승정원일기』, 『동의보감』이 유네스코의 세계기록유산으로 지정될 수 있던 것도 마찬가지의 이유다.

SNS의 흔적은 증거다. 카톡, 페이스북, 텔레그램, 트위터, 인스타그램, 유튜브, 라인, 네이트온, 틱톡, 잔디, 밴드 등에 남긴 배설의 흔적은 그 사람의 행적을 좇는 확실한 단서가 된다.

SNS 때문에 식은 땀 흘려보지 않은 사람은 거의 없을 것이다. 친한 친구에게 잘못된 메시지를 전달한 경우도 있고, 단체 메시지 창에 무심코 올렸던 메시지로 곤혹스러웠던 경험도 갖고 있을 것이다.

"SNS는 인생의 낭비다." 알렉스 퍼거슨 감독의 명언이다. 퍼거슨 감독은 맨체스터 유나이티드(맨유)의 최전성기를 이끈 전설적 인물이며, 그 공로로 영국 왕실로부터 기사작위까지 받았다.

퍼거슨 감독은 맨유 소속 선수가 한 축구팬과 SNS로 설전을 벌이는 장면을 보았다. 이를 본 퍼거슨 감독이 말했다. "선수들은 그런 것들에 신경 쓰면 안 된다. 그런 걸 할 시간이 어디 있는가. 인생에서 할 수 있는 다른 것이 백만 가지는 더 있다. 차라리 도서관에 가서 책을 읽으라. 진심으로 그것은 시간 낭비다."

누군가에게는 SNS는 인생의 최고 무기다. 현대 사회에서 SNS를 떼어놓고 사업을 논할 수 없다. SNS로 불특정 다수에게 제품을 홍보하고, 유통하는 시대다.

바꽃(오두·烏頭)이라는 식물이 있다. 이 꽃의 뿌리인 부자(附子)는 한약재로 신장(腎臟)의 양기(陽氣)를 더해주는 좋은 약이다. 하지만 잘못 사용하면 독이 되고 만다. 독성이 워낙 강해 예로부터 임금이 하사하는 사약(賜藥)의 재료로 활용됐다. SNS가 독이 될 것인지, 약이 될 것인지는 순전히 활용의 문제에 달렸다.

SNS를 할 때면 주의를 소홀히 해서는 안 된다. 버락 오바마 전 미국 대통령의 말이다. "인터넷 세대인 여러분은 인터넷상에 글을 올릴 때 주의해야 합니다. 먼 훗날 그것이 여러분의 인생을 가로막는 도구가 될 수 있기 때문입니다."

SNS는 인생의 재앙이자 축복이다. 낭비하면 유통기한 한참 지난 통조림을 먹는 것과 같고, 절제하면 하늘을 나는 마법의 양탄자를 탄 것과 같다. 어떻게 사용할 것인지는 오로지 자신의 선택에 달렸다.

나누는 사람이 아름답다

기부자는 오늘날의 레인 메이커다.

그들의 순수한 나눔이 메마른 대지를 적시는 단비다.

어떤 사람이 아름다운가? 사람을 향하는 사람이 아름답다. 다른 사람을 위해 자신의 소중한 것을 기꺼이 내놓는 사람이 사람을 향하는 사람이다.

'콩 한쪽도 나눠 먹는다'는 말처럼 아무런 대가 없이 흔쾌히 자신의 것을 내주는 사람, 그 사람은 누구인가? 잘나고 특별난 사람이 아니다. 우리 주위에서 숱하게 볼 수 있는 평범한 이웃들이다. 다만 자신의 나눔을 드러내려 하지 않기에 쉽게 볼 수 없을 따름이다.

2020년 여름, 가슴 따뜻한 소식이 전해졌다. 이수영(83) 광원산업 회장이 평생 홀로 일궈온 676억 원을 카이스트(KAIST)에 기부했다. 카이스트는 국가가 정책적으로 과학 인재 양성과 과학기술의 연구 개발을 위해 설립한 국립 특수 대학교다.

이 회장은 이전에도 카이스트에 80억 원(2012년)과 10억 원(2016년)을 기부했었다. 이번까지 모두 766억 원을 기부했다. 이는 카이스트 개교 이래 가장 많은 금액이다. 이전까지는 2008년 고(故) 류근철 박사(대한민국 제1호 한의학박사)가 기부한 578억 원이었다.

이 회장은 서울신문사 기자로 출발해 축산업, 건설업, 부동산업 등에서 번 돈을 기부했고, 류 박사는 한의사로 번 돈과 자신의 부동산을 처분한 돈을 모아 기부했다.

이 회장은 "미국이 과학기술로 패권국가가 됐는데 우리라고 못하라는 법이 없지 않냐"면서 "카이스트에서 우리나라 최초의 과학 분야 노벨상 수상자가 반드시 나와야 한다"고 말했다.

이 소식을 접하면서 13년 전 만났던 류근철 박사가 떠올랐다. 그는 당시 개인 기부액으로는 국내 최고인 578억 원을 카이스트에 기부했었다. 이런저런 인연으로 류 박사와는 알고 지내는 사이였다. 기부 앞뒤로 그의 종로구 오피스텔과 근처 식당에서 두 차례 만났다.

류 박사는 이전부터 자신이 번 돈은 자식들이 아닌 사회에 환원하겠다는 의지가 확고했다. 다만 어디에 기부할 것이냐를 놓고 오랜 동안 고민했다.

자신을 한의사로서 성장시켜 준 한의과대학에 기부할 것인지, 아니면 다른 분야에 기부할 것인지를 놓고 선뜻 결정하지 못했다. 이

후 그는 전 재산을 카이스트에 기부했다.

류 박사에게 물었다. "오늘의 박사님이 있기까지 늘 성원해줬던 한의과대학에 내놓는 게 더 낫지 않았을까요?" 그가 대답했다. "한의과대학은 내가 아니어도 한의사 자산가들이 많아 얼마든지 기부받을 수 있지만 카이스트는 그렇지 않아."

그는 한마디를 덧붙였다. "남은 소원은 카이스트에서 노벨상 수상자가 나오는 것을 보고 죽는 거야." 하지만 그는 소원을 이루지 못한 채 85세를 일기로 영면했다.

그 분이 그토록 소원했던 꿈을 12년 후 이수영 회장으로부터 다시 듣게 된 셈이다. 카이스트 출신의 노벨상 수상자 탄생은 류 박사에서 이 회장으로 이어지는 꿈이 됐다.

'개처럼 벌어 정승같이 써라', 산전수전 공중전 다 겪으며 번 돈을 핏줄이 아닌 다른 누군가에게 아낌없이 나눠준다는 것은 대단한 일이다. 존경받고 박수 받아야 할 시대의 영웅들이다.

우리는 나눔과 기부를 매우 품위 있는 행동이라고 칭송하지만 정작 기부자를 향한 칭찬에는 상당히 인색하다. '돈이 많으니까 조금 생색냈겠지', '있는 사람이 그 정도쯤이야 뭐', 응당 당연한 것으로 치부한다.

전혀 당연하지 않음에도 너무나 당연시 여긴다. 소중한 가치로 따지자면 생명에 버금가는 것이 돈이다. 더군다나 밤낮으로 고생하여 힘겹게 번 돈을 일면식도 없는 사람에게 나눠준다는 것은 말처럼 쉬운 일이 아니다.

기부하는 사람들의 면면을 살펴보면 대부분 상당히 검소하다. 먹고 싶은 것 안 먹고, 입고 싶은 것 안 입으며 악착같이 돈을 모은 사람들이다. 류 박사도 그랬다. 그는 뜨거운 한 여름도 툴툴거리며 돌아가는 낡은 선풍기 한 대로 지냈다.

금쪽같은 내 것을 남에게 나눠주는 일은 숭고하다. 기부는 많으면 많을수록 좋다. 넓은 호수에 물결 일듯 기부 행위가 더 멀리 퍼져 나가기 위해서는 기부자를 제대로 기릴 수 있어야 한다.

미국 인디언들의 전설에 따르면, 곡식이 자라는데 꼭 필요한 단비를 내려주는 주술 능력을 지닌 사람이 있다. 일명 '레인 메이커(rain maker)'로 말 그대로 비를 만드는 사람이다.

우리 주위의 기부자들 모두는 오늘날의 레인 메이커다. 그들의 순수한 나눔이 메마른 대지를 적시는 단비다. 나눔만큼 아름다운 것도 드물다. 나누는 모든 사람은 더 아름답다.

오늘 밤은 푹푹 눈이 날인다

산곬로 가는 것은 세상한테 지는 것이 아니다. 세상같은 건 덜어워 벌이는 것이다.

"가난한 내가 아름다운 나타샤를 사랑해서 오늘밤은 푹푹 눈이 날인다. 나타샤를 사랑은 하고 눈은 푹푹 날이고 나는 혼자 쓸쓸히 앉어 소주를 마신다. 소주를 마시며 생각한다. 나타샤와 나는 눈이 푹푹 쌓이는 밤 힌당나귀 타고 산곬로 가쟈 출출이 우는 깊은 산곬 로가 마가리에 살자."

백석(1912~1996) 시인의 '나와 나타샤와 힌당나귀'다.

시 속의 '출출이'는 뱁새를 말하고 '마가리'는 오두막집을 뜻한 다. 이 시를 서울 성북구 길상사의 공덕비 안내판에서 만났다.

이 절은 무소유(無所有) 정신을 설파하고 떠난 법정 스님 (1932~2010)께서 마지막으로 거처한 곳이다. 길상사는 원래 대원각 (大苑閣)이라는 한식당이었으나 식당 주인이자 백석 시인을 사랑했던 김영한 대표가 법정스님께 무상으로 보시했다. 그 이후 늘 좋은 일만 많기를 바라는 뜻의 '길상사(吉祥寺)'라는 절로 새롭게 탄생했다.

성북동의 높은 산기슭에 조용히 숨어 있는 길상사는 능소화와 꽃무릇이 만발한 8~9월에는 사진작가들의 발길이 끊이지 않는 유명한 출사(出寫) 장소다.

능소화(금등화·金藤花)의 꽃말은 '명예', 또는 '그리움'이고, 꽃무릇(석산화·石蒜花)은 '이룰 수 없는 사랑'이다. 길상사에는 아름다운 꽃말처럼 자신이 가진 모든 것을 기부한 무소유의 가난한 마음이 배어 있다.

법정스님이 머물렀던 진영각의 툇마루 아래에는 그가 한가로이 앉아 무소유의 세계로 빠져들었던 오래된 나무 의자가 덩그러니 놓여 있다. 그 빈 의자에 앉으면 내 자신이 품고 있는 탐욕이 저절로 사라짐을 느낀다.

길상사를 빠져나오면 완연히 다른 세상을 만난다. 으리으리한 대저택들이 성(城)처럼 이어져 있다. 골목이라기보다는 갑부들의 튼튼한 요새이자 성곽 같다. 거대한 성벽 앞에서면 저절로 기가 죽는다.

어떻게 저토록 대단한 부를 일궜을까. 저 넓은 공간 안에는 도대체 몇 명이나 살고 있을까. 벌집 같은 공간에서 촘촘히 살아가는 사람들이 대부분인 서울에서 저리 넓은 곳서 사는 사람들은 도대체 누구일지 궁금증이 가시지 않는다.

어떤 이는 모든 것을 주고 떠났고, 어떤 이는 모든 것을 깔고 앉았다. 주고 떠난 자리는 꽃향기와 산새 소리 가득하나 깔고 앉은 자리는 높은 벽과 CCTV만이 무겁게 침묵한다.

준 자는 잃을 것이 없어 평온하고, 가진 자는 잃을 것이 많아 불안하다. 물론 부자라고 모두 탐욕스러운 것은 아니다. 부지런히 일해 큰 결실을 맺은 사람들의 땀방울은 존경받아야 마땅하다. 세상에는 착한 부자(富者)도 많고, 나쁜 빈자(貧者)도 수두룩하다.

그럼에도 부자들이 종종 존경을 받지 못하는 이유는 '갑을' 관계를 너무 명확히 하기 때문이다. 그들의 갑질로 인해 피눈물 흘린 '을'들의 상처가 너무 깊기에 갑을 바라보는 시선이 따듯하지 않은 것이다.

성채 같은 높은 벽과 CCTV의 화면으로는 살포시 미소 짓는 능소화와 꽃무릇의 아름다움을 볼 수가 없다. 무릎을 접고 허리를 굽혀야만 방긋 웃는 꽃잎을 만날 수 있다.

너무나 대비시키려는 마음이 깊었을까. 골목을 걷다 마주친 마을 주민의 인사가 낯설었다. "아, 안녕하세요. 어디가세요.", "예, 지금 막 나가려 구요", "아 예, 돈 많이 벌어오세요", "아, 예예...", 정말이지 이런 인사법은 처음이다.

안녕하세요, 오래간만이네요, 식사하셨어요, 잘 다녀오세요, 건강하세요, 이 같은 인사말에 너무 익숙하기에 낯설어 보였는지도 모른다.

오피니언 리더 모임에 갔다 온 한 친구가 화를 냈다. 그 친구는 잘난 사람들의 모임이니 서로 자랑질하기 바쁠 것이라고 머릿속에 그렸다. 그러나 예상과는 정반대였다. 참석자들 모두가 참 부자의 삼박자를 골고루 갖추고 있었다. 배려와 품격, 겸손이 몸에 뱄던 것이다.

'어떻게 부자들이 저럴 수 있지?'라는 의구심이 들었지만 그가 직접 보고 느낀 부자들의 실재는 너무도 달랐다. 친구는 그때부터 부자를 향한 자신의 잘못된 고정 관념을 지우려 애썼다. 세상에는 진짜 부자, 품격 있는 부자들이 수도 없이 많다.

풍요롭든 가난하든 누구나 아름다운 사람이 될 수 있다. 아름다운 사람이란 무소유의 마음이 가득한 사람이다. 과도한 소유욕이 사람을 추하게 만든다.

탐욕은 99에 만족하지 못한 채 1을 더해 100을 갖고자 한다. 참부자는 갖고 있는 99에 만족할 뿐만 아니라 1을 빼고, 10을 빼고, 30을 빼내어 이웃과 나눌 수 있는 사람이다. 그런 부자가 바로 아름다운 사람이다. 나누려는 마음만이 인향만리(人香萬里)로 널리 널리 퍼져 나갈 수 있다.

"눈은 푹푹 날이고 나는 나타샤를 생각하고 나타샤가 아니올리 없다. 언제벌서 내속에 고조곤히와 이야기한다. 산곬로 가는 것은 세상한테 지는 것이 아니다. 세상 같은건 덜어워 벌이는 것이다. 눈은 푹푹 날이고 아름다운 나타샤는 나를 사랑하고 어데서 힌당나귀도 오늘밤이 좋아서 응앙 응앙 울을 것이다."

'나와 나타샤와 힌당나귀'의 뒷부분이다.

마음이 맑은 사람만이 이해할 수 있는 시어(詩語)다. 나타샤를 생각한다. 산골로 가는 게 세상에 지는 것은 아니다. 세상 같은 건 더러워서 버리는 것이다.

욕심을 버리고 나눌 수 있는 사람, 그 사람이 진짜 아름다운 사람이다.

나를 치유하는 여행길

내 안에 애처로움이 있을 때 애처로운 사람을 돕는 것은
결국 나를 치유하는 길이다.

할 일도 많지만 할 일도 없는 나이가 오십대다. 자칫하면 일상이
무척 단조로울 수 있다. 그런 무기력을 깰 요량으로 장애인 봉사 활
동에 합류하게 됐다.

매월 마지막 주 토요일마다 장애인의 활동 보조인이 돼 산과 들,
문화 유적지를 찾아다니며 그들이 잠시나마 힐링의 시간을 갖도록
돕고 있다. 이는 장애인들이 일반인들과 자연스럽게 더불어 살아갈
수 있는 사회성을 길러주는 일이기도 하다.

일반인과 장애인 각각 절반씩 총 20여 명이 함께 움직인다. 그러
던 어느 날 색다른 만남이 있었다. 코로나19가 확산되면서 장애인
시설에서 거주하는 장애인들이 사정상 합류하지 못했고, 그룹 홈에
서 거주하는 장애인 몇 명과 아동양육시설의 보호 아동 몇 명이 함

께하게 됐다.

그룹 홈은 3~4명의 장애인들이 소규모 거주 공간에서 공동생활을 하고 있는 곳이고, 아동양육시설은 부모로부터 외면 받은 어린이와 초중고 학생들이 모여 생활하고 있는 곳이다.

울긋불긋 피어난 예쁜 꽃들이 화사했던 4월의 어느 봄날에 그들과 함께 남한산성 둘레길을 걸었다. 둘레길이지만 계속되는 오르막과 내리막길을 3, 4시간 걷는 것은 그리 녹록지 않다. 숨이 가쁜 것도 힘든 일이지만 처음 만나 함께 걷는 어색함도 발걸음을 무겁게 한다.

양육시설의 아동들은 기본적으로 처음 보는 사람들을 경계한다. 말을 걸어도 잘 대답하지 않고, 말을 잘 걸어오지도 않는다. 한참을 걷다 보니 점심식사 시간이 됐다. 보호 아동들이 준비해 온 점심 메뉴는 과자, 빵, 김밥이 전부다. 그들이 가장 손쉽게 구할 수 있는 것들이기 때문이다.

반면에 활동 보조인들의 점심 메뉴는 소풍 나온 듯 다채롭다. 잡곡밥, 잘 익은 김치, 무지개떡, 계란말이, 햄, 소시지, 제육볶음, 치킨, 상추, 곶감, 사과, 딸기, 고구마, 사이다 등 풍성하다. 장애인이나 아동들은 간만에 맛보는 진수성찬이라 서로 웃고 떠들며 맛있게 먹었다.

점심식사 후의 둘레길 걷기는 오전과는 확연히 달랐다. 경사진

비탈길에서는 한 아이가 다가와 나의 손을 살며시 잡기도 하고, 멋진 풍경 앞에서는 활짝 웃으며 사진을 찍어 달라 조르기도 한다. 걷는 내내 종달새 마냥 재잘거린다.

고등학교 여학생에게 물었다. "나중에 무엇이 되고 싶어?", "제빵사요", "그러면 제빵학원은 다니니?", "아니요", 또 다른 여학생에게도 물었다. "네 꿈은 뭐야?", "발레리나가 되는 거요", "그럼 지금 배우고 있어?", "아니요, 안 배우고 있는데요."

꿈은 있으나 꿈의 세계로 올려줄 사다리가 없었다. 그들을 돌보는 아동보육시설도 어찌 할 수가 없다. 그들 역시 매우 어려운 환경에서 최선을 다해 아동들을 돌보고 있기 때문이다.

둘레길 걷기를 마친 후 아동보육시설의 원장님 초청으로 시설에 방문했다. 그곳에는 갓 태어난 아기부터 초중고 학생들까지 대략 10여 명이 함께 생활하고 있었다.

어린 시절부터 시설에서 쭉 자라다 보니 대부분 학생들이 시설 원장님을 '엄마'나 '이모'라고 불렀고, 원장님은 그들을 '아들' 또는 '딸'이라고 불렀다.

아이들은 보호시설에서 언제까지나 머물 수 없다. 고등학교를 졸업하면 시설에서 떠나 자립해야 한다. 원장님은 그때가 되면 가장 마음이 아프다 한다. 시설에서 떠난 후 잘 정착하면 좋지만, 그렇지 못할까 걱정이 태산이기 때문이다.

다행히 자립 학생들을 돌봐주는 후견인 제도가 있어 새로운 울타리가 만들어질 수는 있으나 학생이 원하지 않는다면 누구 하나 그들을 돌봐줄 사람은 없다. 그들 스스로 살아남기 위해서 홀로서기를 해야 한다.

그들과 헤어질 때는 내 역할을 잘 해냈다는 안도감과 함께 다음에 만날 때까지 별일 없기를 바라는 안타까움이 교차한다. 헤어져도 그들의 해맑은 미소가 머릿속에서 떠나지 않는다.

우리 사회의 복지망이 조금 더 촘촘해져 그들이 자신의 꿈 앞에서 주저앉지 않았으면 좋겠다. 꿈을 위해 배우고 싶은 것이 있으면 맘껏 배울 수 있어야 하나 현실은 그렇지 못하다.

궁극적으로는 그들 스스로 자립해 우리 사회의 평범한 구성원이 돼야 한다. 특별한 존재도 아닌 일반인과 같이 웃고, 같이 울며 생활할 수 있어야 한다. 그래야만 성숙한 사회라고 말할 수 있다.

그들과 잠깐 동행했다 하여 그들의 고충을 모두 이해할 수는 없다. 그럼에도 조금 더 가까이 다가가 그들의 힘겨움을 이해하고 나누려다 보면 뭔지 모를 충만감이 차오른다.

내 안에 애처로움이 있을 때 애처로운 사람을 돕는 것은 결국 나를 치유하는 길이다. 그들과의 동행은 누굴 돕고 말고 하는 것이 아닌, 나를 행복하게 하는 여행길이다. 함께 걷는 길에서 나를 보듬는다.

생애 최고의 여행은?

여행은 내 자신이 주인공이 되는 것이며, 몸으로 부딪쳐 몸으로 새기는 기억이다.

여행이란 무엇인가. 어떤 사람은 수면 부족처럼 늘 부족한 것이 여행이라고 하며, 또 다른 사람은 결국 출발지로 돌아와 마침표를 찍는 것만이 여행이라고 한다. 여행은 의무가 없는 일상의 행복이다. 한 번 가면 또 가고 싶고, 자꾸만 가고 싶다.

번잡한 곳을 늘 훌쩍 떠나고 싶으나 마음만큼 쉽지가 않다. 여행을 위해서는 시간을 쪼개 쉴 만들 수 있는 여유와 먹고 자고 이동하는데 필요한 돈, 그리고 지치지 않고 돌아다닐 수 있는 건강한 체력을 갖춰야 한다.

여행은 혼자여도 좋고 동행자가 있어도 좋다. 동행의 경우, 누구와 함께 가느냐가 매우 중요하다. 가깝고도 먼 나라인 일본을 다녀온 적이 있다. 혼슈의 시즈오카 공항에서 출발해 도쿄 일대를 둘러보는 3박4일의 여정이었다.

일본의 자랑 후지산과 천황이 산다는 황거(皇居), 메이지 천황과 그의 아내 쇼켄 황태후의 영혼을 봉헌하고 있다는 메이지 신궁(神宮)을 면발치에서나마 볼 수 있었고, 엄청난 인파가 개미처럼 쏟아져 나오는 신주쿠 거리의 교차로를 건너봤다.

여행은 준비 단계부터 설렘과 기대감이 시작된다. 지친 나날들과 잠시나마 작별을 할 수 있어 흥분이 되고, 낯선 곳에서의 예상치 못할 즐거움을 상상하며 저절로 미소 짓게 된다.

일본 여행에 앞서 기본적인 의사소통이라도 하고 싶은 마음에 '왕초보 일본어 배우기' 책을 구입해 '아이우에오', '카키쿠케코'로 이어지는 히라가나와 가타카나를 소리 내어 외웠다. 인터넷 강의 사이트에도 등록해 동영상 화면 속의 선생님의 입모양을 따라하며 일본어를 익혔다.

여행지의 날씨를 예측하며 우산을 넣다 뺏다 했다. 선글라스와 선크림을 챙기고 영양제 몇 알도 챙겨 넣었다. 해외여행의 필수품인 고추장과 김은 넣지 않았다. 현지에서는 현지 사람이 되어야 한다는 생각 때문이었다.

힘들게 시간을 내 떠나는 여행은 즐겁지 않으면 죄다. 드디어 여행 당일, 시즈오카 공항에 내리자마자 낯선 곳에 빨리 익숙해지기 위해 신경을 곤두세웠다. 지나치는 일본인들이 뭐라고 떠들긴 하는데 도대체 무슨 말을 하는지 하나도 못 알아들었다. 역시 외국어는 단기 속성으로 뚝딱 해치울 일이 아니다. 그럼에도 여행길은 낯섦마저 정겹다.

여행지에서의 시간은 순식간에 삭제돼 3박4일이 하루 같았다. 어느새 떠났던 곳으로 다시 돌아와 익숙한 것들과 마주한다. 거리, 공기, 언어, 사람, 모두가 낯설지 않다.

어느 날 휴대폰 속의 앨범을 뒤지다 우연히 그때의 여행 사진을 보게 됐다. 인물 뒤 그림처럼 펼쳐진 풍경에 대한 기억은 가물가물하다. 그러나 현지인 서너 명과 찍은 기념사진은 그때 그 사람에 대한 기억을 생생히 담고 있다.

손짓 발짓으로 길을 묻는 내가 안타까워 목적지까지 흔쾌히 동행해 주었던 단발머리 아가씨, 짧은 영어로 서로 유쾌한 농담을 주고받던 호프집의 알바 청년, 자신도 한국을 몇 번 다녀왔다며 어눌한 우리말로 친근함을 표시하던 선물가게 아주머니, 그들의 미소가 선명하다.

무엇보다 강렬했던 기억은 동반자들의 면면이다. 늘 시간 약속이 엉망이었던 A, 식사 때마다 술타령을 했던 B, 주구장창 쇼핑만을 외쳐댔던 C, 피곤하다며 툭하면 움직이기를 거부했던 D, 각각의 개성들이 새삼스럽게 떠오른다.

김영하 작가는 『여행의 이유』에서 '나와는 다른 그들의 느낌과 경험이 그들의 언어로 표현되어 내 여행의 경험에 얹힌다'고 했다.

낯선 환경서 예상치 못한 행동으로 깜짝 놀람을 주었던 그들과의 어울림은 내 여행의 경험과 추억으로 축적됐다.

여행은 누구와 함께 떠나느냐가 중요하다. 신혼여행에서 돌아와 헤어지는 부부도 있다. 힐링을 위해 떠난 여행이 서로에게 돌이킬 수 없는 상처만 남긴 셈이다. 여행길이 꽃길일지, 가시밭길이 될지는 순전히 동행인과의 호흡에 달렸다.

누군가 당신 생애의 최고 여행지는 어디였는가를 묻는다면 망설이지 않고 말할 수 있다. 하지만 최고의 여행 동반자는 누구였냐고 묻는다면 주저할 듯싶다. 아예 동행자가 아닌 카메라, 배낭, 렌트카, 커피를 꼽을 수도 있다.

최고의 여행은 떠나고 싶을 때 훌쩍 떠나는 것이며 함께하면 행복한 사람과 동행하는 것이다. 여행 내내 웃고 떠들며 잔잔한 미소를 잃지 않는 짝과 떠나는 여행이 최고의 여행이다.

다시 김영하 작가의 말이다. "매 순간 내가 삶의 주인이라는 느낌이 들었다." 그렇다. 여행은 내 자신이 주인공이 되는 것이며, 몸으로 부딪쳐 몸으로 새기는 기억이다. 여행은 끊임없는 질문의 여정이다. 나는 누구이며, 지금 행복한가?

그 해답을 찾기 위해 우리는 여행을 떠난다. 그리고 바란다. 그것이 내 생애 최고의 여행이기를.

배는 고프지 않아도 너무 아프다

굶주린 배는 맘껏 채울 수 있으나, 굶주린 욕망은 무엇으로도 채울 수가 없다.

나라 전체가 가난했던 6~70년대 어린 시절은 참 많이도 배가 고팠다. 아이도 어른도 모두가 굶주렸다. 먹을 게 부족하다 보니 쏙 들어간 배를 채우려 자연스레 숲과 들을 뒤졌다. 나무에 달린 열매들과 움직이는 동물은 웬만해선 다 먹을거리가 됐다.

뽕나무 열매인 까만 오디는 달콤했고, 빨간 산딸기와 앵두는 상큼했다. 칡뿌리는 쌉싸름한 맛을 모두 빼어 먹은 뒤 오래 오래 껌처럼 씹고 다녔다.

어디 이뿐인가. 찔레꽃을 꺾어 먹고, 아카시아 꽃도 따 먹었다. 산골의 개복숭아와 돌배는 물론 잣송이, 밤송이도 달라붙은 뱃가죽을 떼어줄 풍성한 먹거리들이었다.

학교에는 노란 도시락을 싸갖고 다녔다. 그 안에는 꽁보리밥이 가득했고 반찬이라곤 배추잎사귀와 진배없는 양념 덜 된 김치뿐이었다. 그런데도 맛있었고, 없어서 못 먹었다. 배부르면 행복했고, 배고파도 불평하지 않았다. 너도나도 없어 못 먹었던 시절이었기 때문이다.

'밥 먹는다'는 것은 '산다'는 말과 같았다. 먹기 위해 사는 게 아니라 살기 위해 먹었다. 먹는 이야기하면 빼놓을 수 없는 인물이 있다.

'4전5기' 신화의 주인공인 홍수환 선수다. 그는 1977년 파나마에서 열렸던 세계복싱대회에서 상대 선수한테 일방적으로 몰리며 네 번씩이나 다운됐다가 극적으로 KO승을 거뒀다.

홍수환 선수가 챔피언 벨트를 번쩍 들며 감격에 겨운 목소리를 내뱉었다. "엄마, 나 세계 챔피언 먹었어!", 중계방송을 시청하던 온 국민이 열광했다. 너무나 굶주렸기에 챔피언이 된 게 '먹은 것'이었다. 앞으론 실컷 배불리 먹을 수 있을 것이라는 기대를 담은 말이었다.

배고팠던 이야기는 또 있다. 2002년 한·일 월드컵축구대회서 한국 축구의 4강 신화를 썼던 거스 히딩크 감독. 우리나라 대표팀은 폴란드, 포르투갈, 이탈리아, 스페인 등을 물리치며 연일 기적을 써나갔다. 두 게임만 더 이기면 우승이었다.

결승 진출을 위해선 준결승전서 만나는 독일을 반드시 물리쳐야 했다. 기자회견에 나선 히딩크 감독이 말했다. "나는 아직 배가 고프다."

그도 배가 고프다 했다. 홍수환 선수의 배고픔이 '밥' 그 자체였다면 히딩크 감독의 배고픔은 '승부욕'이었다. 더 높은 곳으로 오르고 싶은 굶주림의 포효였다.

'4전5기' 신화는 벌써 44년이 흘렀고, '4강' 신화도 19년 전의 먼 이야기가 됐다. 이제는 더 이상 굶주림에 지쳐 배고프지는 않다. 그러나 배는 아프다. 배고픔은 사라졌으나 배아픔이 찾아온 셈이다.

비약적인 경제성장은 배고픔을 해결했으나 상대적 비교는 배아픔을 해소하지 못했다. 굶주린 배는 맘껏 채울 수 있으나, 굶주린 욕망은 무엇으로도 채울 수 없다. 모두가 야위어 가고 있다. 배는 부르나 배가 아프기 때문이다.

나의 것이 결코 적지 않아도 남의 것을 보면 배가 아프고 화가 난다. 헝그리(hungry) 시대는 사라졌으나 앵그리(angry) 시대가 다가왔다. 배가 아프다 보니 너도나도 화부터 내고 본다.

"불처럼 화가 나면 옷을 찢어 버리고, 머리카락이 빳빳하게 곤두서며, 혈관이 팽창하고, 심장박동이 빨라지고, 목구멍으로 온갖 거친 말을 내뱉으며, 사지를 비비 틀며, 손이 바들바들 떨리고 머리끝부터 발끝까지 전율한다."(세네카의 화 다스리기/ 루키우스 안나이우스 세네카)

화부터 쏟아 내는 세상이다. 과학적 검증과 객관적 증명 따위는 필요 없다. 다른 사람이 화내면 나도 따라가 화풀이를 해야 기분이 풀린다. 악성 댓글을 여기저기 배설해 놓고 흐뭇한 미소를 짓는다.

화로 출발한 분노는 증오로 번져 발작 수준이 된다. 내가 화내는 데는 그럴 만한 당연한 이유가 있다. 내가 세운 기준이 곧 정의다. 나의 기준에 부합하지 못하면 정의도, 공정도 아니다.

이해와 포용은 낯선 이방인 같고 반목과 질시는 내 곁에 선 좀비 같다. 너도나도 물어뜯을 먹잇감을 찾고 있다. 모두가 배 아픈 신인류, 앵그리족의 탄생이다.

너도나도 화내는 사회는 피로하다. "시대마다 고유의 질병이 있고, 이 시대의 질병은 신경증이다."(피로사회/ 한병철) 아무것도 아닌 것에 불같이 화를 낸다. 그러다 보니 화를 당하지 않으려 서로서로 자신을 과보호하기에 급급하다. 피로한 사회이자 불신의 사회다.

신경질 낸다고 배 아픈 것이 사라지지는 않는다. 배가 아픈 원인을 찾아 근본적으로 해결해야 한다. 무엇보다 화가 난 이유를 스스로 따져 물어야 한다. "왜 화를 냈지?", 되묻다 보면 별 것 아니다. 그깟 일로 화가 난 자신이 되레 부끄럽다. 세상에 다스릴 수 없는 화란 없다. 배 아픈 것보단 배고픈 것이 낫다.

너무 참지 마!

"너무 참지 마! 포기하고 싶으면 포기해, 억지로 참는 게 다는 아니야."

죽음을 앞둔 노인과의 대화다.

"살아오며 행복했습니까?", "아니, 그저 그렇네", "왜, 행복하지 않았다고 생각하세요?", "후회하는 몇 가지가 있네", "네, 그게 뭔데요?", "너무 참고 살았어!"

한 사내가 태어나서 팔십 여년을 살아봤다. 이제 죽음의 문턱에 서서 지난날을 떠올렸다. 자신의 행복을 앗아간 주범은 무엇이었을까? 답은 분명했다. '너무 참고 산 것', 그것이 한평생 행복을 갉아먹은 좀벌레였다.

이것저것 꼴 보기 싫은 것 천지였다. 하지만 논란 일으키기 싫어 참고 살았다. 나만 참으면 모든 게 편안할 것이라는 생각에 그냥 꾹 참고 살았다.

너무 참고 살다 보니 내 의지대로 산 적이 별로 없다. 가족이 바

라는 대로 앞만 보고 달려 왔고, 직장에서 시키는 대로 쥐 죽은 듯
일만 했다. 참지 않으면 일상의 평온이 한꺼번에 깨질 것 같아 누가
뭐래든 입 다물고 벙어리처럼 살았다.

죽음이 얼마 남지 않아 생각해 보니 너무도 후회가 된다. 왜 그
렇게 참고 살았지. 참지 않았어도 별일 없었을 텐데, 버럭버럭 화를
내며 살았어도 괜찮았을 텐데, 왜 그토록 참고 살았지, 때늦은 후
회만 한없이 밀려든다.

왜 참았지. 곰곰 생각해 보니 똬리를 틀고 앉은 두 마리의 뱀 같
은 놈들 때문이다. 그놈들은 '책임'과 '의무'란 이름을 갖고 있다. 너
무 많은 짐을 짊어져 두 어깨의 짐이 행복인지 불행인지 따질 겨를
이 없었다.

식솔들의 입에 풀칠을 하려 혀 빠지도록 일했고, 직장 상사의 지
시는 절대 명령으로 신주단지 모시듯 떠받들었다. 어느새 세월은
흘러 예까지 왔으나 너무 늦게 알았다. 의무와 책임이 세상에서 최
고인줄 알았으나 그것이 아니었다. 가끔은 '의무'를 외면하고 살아
도 괜찮았을 것이고, 때로는 '책임'으로부터 자유로워져도 좋았을
텐데, 그것에 꽁꽁 묶여 울타리 밖 세상을 제대로 보지 못했다.

스스로가 발 묶인 코끼리였다. 묶인 족쇄가 풀어져도 어디로 도
망가지 못하는 서커스 공연장의 코끼리 마냥 의무와 책임의 늪에
서 허우적거렸다.

너무 참느라고 행복을 희생시켰고, 울면 불행인 줄 알고 꾹꾹 참아만 왔다. 웃음에도 행복이 있고 울음에도 행복이 깃들어 있는데, 울지 않으려고만 애써왔다. 마음을 열면 누가 내 슬픔을 흉볼까 봐 꼭꼭 숨기며 살았다. 그렇게 혼자 아파하지 않았어도 됐는데 말이다.

"참지 마, 참으면 병 돼, 화날 땐 너무 참지 마!" 이 말이 진리인줄 너무 늦게 알았다. "그렇게 너무 애쓰지 마라", "너무 참으려 하지 마라", 그 속뜻을 진작 알지 못한 것이 후회될 뿐이다.

'피할 수 없으면 참아라'가 아닌 '피할 수 없으면 즐겨라'는 말이 무슨 말인지를 이제야 알게 됐다.

버스 정류장에서 버스가 오랫동안 대기하자 한 승객이 벌컥 화를 내며 말했다. "이놈의 똥차 언제 갈 거야?", 운전사는 어떻게 했을까. '손님은 왕'이기 때문에 참아야 했다. 하지만 그는 참지 않았다. 주먹 대신 말로 때렸다. "똥이 다 차야 가지요."

웃기면 웃어야 한다. 억지로 참을 필요가 없다. 그동안 너무 참아왔다. 무조건 참으면 다 잘될 줄 알았다. 좋은 게 좋은 거라고 참다 보면 아름답게 마무리될 것이라고 믿어왔다.

너무 참으면 병이 되고 후회된다는 것을 뒤늦게 알았다. 참는 것보단 부딪쳐 깨지더라도 오히려 문제의 근원으로 돌아가 맞붙는 것이 낫다. 의무와 책임 따윈 매미가 허물 벗듯 훌훌 벗어 던져야 새

날개를 펼 수 있다.

'인내는 쓰고 열매는 달다'는 말에 너무 현혹되어선 안 된다. 무엇인가를 얻기 위해선 지난한 과정을 감내해야만 하는 것이 최고선(最高善)이다. 그러나 너무 참지 않고 얻어낸 성과도 얼마든지 달콤하고, 큰 기쁨을 준다.

'세상의 그 무엇도 인내를 대신할 수 없고, 인내만이 모든 것을 가능케 한다'고는 하지만 모든 것을 얻기 위해 너무 참을 필요는 없다. 모든 것을 다 얻어야만 행복한 것이 아니기 때문이다.

참는 이유는 마음의 평화를 얻기 위해서다. 그때 당시는 그것이 가장 옳은 방법인 줄 알았다. 그러나 너무 참음으로써 마음의 병만 생겼고, 긴 삶이 마른 걸레처럼 건조해지고 말았다.

"너무 참지 마! 너 하고 싶은 대로 해, 참다보면 후회만 쌓일 뿐이야! 포기하고 싶으면 포기해, 억지로 참는 게 다는 아니야." 죽음을 앞둔 노인의 후회는 쓰레기처럼 버려질 말이 결코 아니다.

Chapter 5

주름, 나이테 쌓여가는 이야기

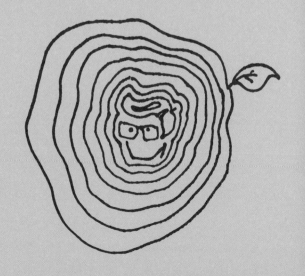

'Before I die...?', 'After I die...?'

:
:
:
:
:

죽은 후에는 무엇이 떠오를 것인가. '후회', 이것 아닌가. 아니라고 말하지 마라.

어느 날 지인의 갑작스런 부고를 들었다. 오랫동안 그와 보내며 쌓았던 추억이 적지 않았던지라 많이 놀랐다. 부고 소식을 듣기 며칠 전에도 그와 안부 전화를 주고받았기에 무척이나 황망했다.

장례식장의 영정 속 고인의 모습은 늘 활짝 웃던 생전의 모습 그대로였다. 국화 향기만 은은히 번져 나는 빈소에서 고인의 영면을 기원했다.

갑작스런 죽음을 목도했을 때 누구나 스스로에게 삶과 죽음에 대한 근본적인 질문을 던진다. "삶과 죽음이란 무엇인가?, 어떻게 살아야 잘 살았다고 말할 수 있는가?", 명쾌한 해답이 쉽게 떠오르지는 않는다.

언젠가 사람은 떠난다. 평가는 살아남은 자들의 몫이다. 천국을 갔는지, 지옥을 갔는지는 쉽게 판가름 난다. 장례식장 주변에서 조문객들의 수군거리는 소리를 들으면 알 수 있다. "그 사람 나쁜 일만 일삼고 다니더니, 쯧쯧", "너무 안됐어. 참 좋은 사람이었는데", 누가 어디를 갔는지는 불 보듯 뻔하다.

생명에서 온기가 사라지면 사람은 사라진다. 그때부터는 생명이란 말 대신에 죽음이라고 말한다. 죽음이 다행인 것은 누구나에게 공평하다는 것이다. 죽음은 온기가 있던 모든 것들을 사라지게 만든다. 제 아무리 천하장사처럼 버텨도 소용없다.

불공평한 점은 딱 한 가지다. 시기의 차이다. 먼저 왔다고 일찍 가는 것도 아니고, 늦게 왔다고 나중에 가는 것도 아니다. 하늘에서 부르면 그것이 곧 순서다.

고인을 보내고 얼마 후 동대문의 낙산공원을 찾았다. 성곽 길을 따라 오르다 보니 이화동 벽화마을에 도착했다. 70년대나 마주할 법한 오밀조밀한 골목길이 인상적이었다. 허름한 담벼락에 채워진 알록달록한 그림들은 고즈넉한 풍경을 만들어 냈다.

눈에 띄는 벽화가 발길을 멈춰 세웠다. 가로세로로 3~4m에 이르는 담벼락이 온통 검은색으로 칠해져 있고, 그 위에 하얀색 영어가 써져 있다. 'Before I die...', '죽기 전에 나는...'이라는 질문이었다.

그 질문 아래로 댓글들이 줄을 이었다. "결혼하고 싶다", "무대에서 노래하고 싶다", "사랑하는 사람과 스테이크 먹고 싶다", "부모님 모시고 여행가고 싶다", "아이들 결혼과 손주보고 싶다", "연애하고 싶다", "가족을 만나고 싶다", "대통령이 되고 싶다", "취업하고 싶다", 저마다의 소망 열매들이 주렁주렁 열렸다.

글씨들 대부분이 바람과 빗물에 씻겨 내려 흐릿하다. 댓글을 달고 많은 날들이 지났음을 알 수 있다. 그 소망들이 실제 이뤄졌을지 궁금하다.

소망들 대개는 별 것 아니다. "스테이크 먹으면 되지", "연애, 왜 그걸 못해?", "노래하고 싶으면 노래해!", 하지만 별 것 아닌 것처럼 보이는 그 소망이 누군가에게는 일생일대 최고의 목표이기도 하다. 평범한 일상이 어느 누군가에게는 평생의 소망인 셈이다.

많은 사람들이 소박한 꿈을 간직하고 산다. 버킷리스트를 물어봐도 거창하지 않다. 어디 어디 여행하고 싶어, 무슨 자격증을 따고 싶어, 악기 하나를 배우고 싶어, 대단한 욕심이 아니다. 그런데도 힘들다. 어쩌면 한발 내딛으면 좀 더 그 소망에 가까이 다가설 수 있음에도 그 한발을 내딛는 게 어렵다.

한번 마음의 담벼락에 써보자. 'Before I die...'라고 적은 후 그 아래에 소망을 나열해 보는 것이다. 하나, 둘, 셋... 생각보다 많지 않다. 내가 무엇을 원하고 있는지부터 헷갈린다. 원하는 것조차도 진정으로 원하는 것인지 확신이 안 선다.

몇 개밖에 적지 못하는 데는 이유가 있다. 지레짐작으로 미리 포기했기 때문이다. '되지도 않을 일, 뭐 하러 적어'라는 자포자기가 꿈을 앗아가 버렸다.

하지만 그럴 필요가 없다. 꿈은 누가 이루는가. 돈키호테 같은 사람이 이룬다. 이것저것 재지 않고 무식하게 달려들면 이뤄진다. 그래야 무엇인가 결단난다. 거대한 풍차가 부서지든 성문처럼 굳게 닫혔던 마음의 문이 부서지든 뭔가는 하나 깨뜨려진다. 그 문, 그 벽을 깨뜨리고 나와야 새로운 세상으로 걸어 들어갈 수 있다.

죽음이 멀리 있다고 착각하지 마라. 부고 소식은 남들에게만 해당하는 슬픔이 아니다. 꿈은 언제라도 이룰 수 있다고 미루지 마라. 간절함 없이는 단 하나도 이룰 수 없다. 죽음은 꿈을 이룰 때까지 기다려 주는 버스 정류장이 아니다.

'죽음에는 순서 없다'고 말하지 않는가. 언제 그 순서가 다가올지 모를 일이다. 철통경계를 서도 침투에 능통한 놈이 죽음이다.

'Before I die...', 죽기 전에 무엇을 하고 싶은지 잘 떠오르지 않는가. 그러면 먼저 써라. 무엇을 진정으로 원하는지를. 'After I die...', 죽은 후에는 무엇이 떠오를 것인가. 잘 떠오르지 않을 것이다. 그렇다면 이번에도 써보자. 무엇을 썼는가. 한방에 맞힐 수 있다. '후회', 이것 아닌가. 아니라고 말하지 마라. 당신이 쓴 것이 맞다. 당신은 이것 말고는 쓸 것이 없기 때문이다.

도전하지 않는 것이 가장 큰 실패다

삶에는 끝이 있다. 짧은 듯하나 길고 긴 듯하나 짧다.

도저히 예측할 수 없는 결말, 영화보다 더 극적인 감동 스토리, 그래서 스포츠를 '각본 없는 드라마'라 한다.

차범근·박찬호·김병현·박지성·손흥민 선수, 이들도 각본 없는 드라마의 주역들이다. 이들은 자신의 어릴 적 꿈을 실현하기 위해 혈혈단신으로 먼 이국땅에 발을 내딛어 성공 스토리를 일궈냈다.

롯데 자이언츠 이대호 선수의 꿈도 한결같았다. 메이저리그(MLB) 무대를 밟아 보는 거였다. 간절히 원한 끝에 드디어 2016년 2월 시애틀 매리너스 구단에 입단했다.

이대호 선수는 '조선의 4번 타자'라 불릴 정도로 대한민국 최고의 간판 스타였기에 계약 조건에 큰 관심이 쏠렸다. 하지만 계약 조건은 형편없었다. 한국과 일본 무대에서 MVP를 모두 석권했던 그의 스타성에 비교해 너무 초라한 연봉이었다.

1년 최대 400만 달러(약 48억7000만 원)에 불과한데다, 그것도 메이저리그가 아닌 마이너리그 계약이었다. 이를 두고 대한민국 최고의 타자와 어울리지 않는 굴욕적인 계약이라고 뒷말이 무성했다.

무엇보다 언제 1군으로 콜업(call up)될지 모를 초청 선수 신분의 계약이 논란이 됐다. 만약 스프링 캠프에서 좋은 모습을 보이지 못하면 1부 리그로 올라가지 못한 채 마이너리그에서 자신의 야구인생을 허비해야 할 판이었기 때문이다.

1부 리그의 메이저리거는 전용 비행기 이동과 최고급 숙식 등 최적의 운동 환경이 제공되지만 2부 리그인 마이너리거는 버스 이동과 일반 호텔 투숙, 샌드위치 식사 등 제반 여건이 1부 리그와는 비교가 안될 만큼 열악하다.

당시 이대호 선수가 몸담았던 일본의 소프트뱅크 호크스는 최소 연 5억 엔(50억 원) 이상의 연봉을 제안했다. 평균 3년 계약을 추산하면 150억 원에 이르기 때문에 실제 100억 원 정도를 포기한 셈이다.

하지만 그는 돈과 명예 대신 도전을 선택했다. 돈과 명예만으로는 살 수 없는 그만의 소중한 꿈에 다가서기로 한 것이다. 그리고 자신을 이상한 사람으로 바라보는 시선에 대해서도 한마디 했다.

"가장 큰 실패가 무언지 아는가? 그것은 도전하지 않는 거다." 돈을 적게 받고 2부 리그에서 생활하는 것은 그에게 문제되지 않았다. 정말 큰 문제는 도전하지 않고 포기하는 것이었다. 그러면서 자신의 솔직한 심정도 표현했다.

"조금의 부담도 없다. 오히려 내려왔기 때문에 더 홀가분하다. 이제 내가 할 수 있는 것만 열심히 하면 올라갈 수 있기 때문에 더 좋다. 계속 배우고 있다. 야구가 쉽지 않다. 좋은 선수들이 많아 경쟁해야겠지만 당당히 경쟁하겠다. 내 꿈은 메이저리그다."

최고의 자리에서 자신의 모든 것을 내려놓기란 매우 어렵다. 더군다나 내려가야 갈 곳이 세상의 맨 밑바닥이라면 누가 자신이 갖고 있는 것을 포기하겠는가. 하지만 사람들은 때때로 포기한다. 이유는 분명하다. 자신이 간직한 소중한 꿈을 실현하기 위해서다.

이대호 선수는 다시 출발점에 섰다. 처음 야구를 하며 희망을 키웠던 그 자리로 돌아왔다. 꿈을 이룰 수 있든 없든 그것은 그다지 문제되지 않았다. 중요한 점은 꿈을 향해 다시 출발했다는 것이다. 그리고 이대호 선수는 해냈다. 자신이 꿈에 그렸던 메이저리그의 마운드를 밟아 보았다. 위대한 발자취라고 말하지 않을 수 없다.

자신의 꿈을 향해 도전하는 모습은 아름답다. 세상에는 도전을 비웃는 사람들이 많다. 그들 대부분은 제대로 된 도전을 해보지도 않은 사람들이다.

"얼음장 밑에서도/ 고기는 헤엄을 치고/ 눈보라 속에서도/ 매

화는 꽃망울을 튼다." (희망가/ 문병란)

그렇다. 시련 없는 성취는 없다. 모든 성과는 고통을 수반한다. 단련 없이 어찌 명검의 날이 서겠는가.

삶에는 끝이 있다. 짧은 듯하나 길고 긴 듯하나 짧다. 사는 동안 숱한 실패를 맞는다. 그것이 두려워 도전하지 않으면 아무것도 이룰 수 없다. 도전하지 않으면 실패도 없다. 최소한 반은 성공이다. 그러나 그것이 무슨 의미가 있겠는가. 무미건조한 일상을 죽도록 사랑한다면 그럴 순 있다.

도전해야 할 때 도전하지 않는 것이 가장 큰 실패다. 도전하여 깨지는 것은 실패가 아니다. 실패에서 삶의 깊이를 얻기 때문이다.

추운 바람이 불어도 봄바람은 여지없이 찾아온다. 겨울의 초입부터 봄바람은 불기 시작한다. 한겨울에 얼어버리지 않고 봄까지 불어올 수 있었던 것은 그만의 뜨거운 몸부림이 있었기 때문이다. 자신이 가야 할 곳을 향해 한시도 멈추지 않고 불었기에 그 바람은 결국 봄바람이 될 수 있었다.

시련 없는 도전 없고, 도전 없는 성공 없다.

동네 한 바퀴

다른 생각, 다른 시선이 상상력에 엔진을 달게 한다.

TV 프로그램 중 '김영철의 동네 한 바퀴'를 즐겨본다. "4딸라", "누구인가, 누가 기침소리를 내었는가", "넌 나에게 모욕감을 줬어" 등의 많은 유행어를 남긴 배우가 진행하는 프로라서 그런지 친밀감이 있다.

무엇보다 어느 한 동네를 걸으며 그곳에서 만난 사람들의 살아가는 이야기를 통해 잔잔한 감동을 얻을 수 있어서 좋다.

2020년은 코로나19의 해다. 코로나19는 온 지구를 거대한 감옥으로 만들어 놓았다. 손목 수갑 대신 안면 마스크를 채워 방구석에 가뒀다. '사회적 거리두기'는 어느 날부터 마음속 거리두기로 변해 스스로를 옥죄었고, 코로나19보다 더 무섭다는 우울증을 전염병처럼 퍼뜨려 나갔다.

그러던 중 김영철 씨의 '동네 한 바퀴'를 따라해 보자는 마음에

휴대폰 하나 달랑 들고 집을 나섰다. 강서구 발산역-양천향교역-개화역-김포공항역-마곡나루역-발산역 코스로 이어지는 동네를 걸으며 보석 같은 이야기를 건져 보기로 했다.

버스와 트럭, 승용차가 쉴 새 없이 달리고 있는 8차선 공항대로를 두 발로 느릿느릿하게 걷다가 길게 펼쳐진 횡단보도의 빨간 신호등 앞에서 멈춰 섰다. 흰 선과 검은 선, 검은 선과 흰 선이 줄지어 이어진 횡단보도의 표시선은 영락없는 피아노 건반이자 얼룩말 같았다.

도로 위의 직진과 유턴, 좌회전과 우회전을 알리는 표시선도 마찬가지였다. 운전대에서 바라본 표시선은 단순한 길안내 표식에 지나지 않았다. 그러나 멈춰서 바라본 표시선은 달리 보였다.

직진 표시선만 믿고 무조건 앞으로 달려 나가는 것이 능사일까, 왼쪽과 오른쪽으로 방향을 바꿔 달려도 괜찮지 않을까. 유턴 표시선을 믿고, 굳이 힘들면 직진하지 말고 되돌아가도 괜찮지 않을까. 여러 가지 생각이 교차했다.

한참을 걷다 보니 지하철 5호선의 차고지인 개화역에 도착했다. 출발 신호를 기다리는 전차(電車) 무리와 그들이 힘차게 달려 나갈 긴 철로를 사진에 담고 싶었다. 한적한 시골의 코스모스 꽃이 핀 예쁜 간이역과 엿가락처럼 늘어진 철로의 모습은 아니더라도 그와 버금가는 멋진 풍경이 담겨질 것이라 기대했다.

하지만 꿈이 깨지는 것은 금방이었다. 출발선에 나란히 서 있는 전차 무리는 하나도 보이지 않았고, 엿가락 같은 철로도 볼 수 없었다. 철로 가까이 접근할 수 없도록 각 통로마다 차단 장비가 설치돼 있었기 때문이다. 역시 상상을 현실로 이루기엔 한계가 있었다.

아쉬움을 뒤로하고 개화역을 떠나 김포공항으로 가는 길, 아주 크고 오래된 나무가 눈에 띄었다. 굵은 나무줄기는 거북등 같은 네모 모양의 딱지가 가득하다. 숱한 비바람과 가뭄을 온몸으로 받아낸 영광의 상처이리라.

김포공항의 활주로 담벼락 위는 가시덤불 같은 철조망이 이리저리 쳐 있다. 철조망의 가시철선에는 접근금지 경고에도 아랑곳 않고 고추잠자리 한 마리, 두 마리가 날아와 자리를 잡고 앉았다.

담벼락 안의 활주로에는 날고 싶은 욕망이 가득한 다국적 비행기들이 언제일지 모를 이륙 신호가 떨어지기만을 기다리고 있었다.

마곡나루역으로 향하는 길, 골목 한편에 건설현장 근로자들의 숨소리가 거칠다. 뜨거운 햇볕 아래서 얼굴에 흐르는 땀방울을 연신 닦아 내고 있다. 생계를 위한 처절한 전투다. 그들의 수고에 고개가 절로 숙여진다.

발걸음도 지쳐갈 무렵 마곡의 하늬근린공원에 도착했다. 하얗고 빨간 예쁜 꽃들과 짙푸른 잎사귀가 무성한 키 작은 나무 그리고 초록색 잔디가 어우러져 있는 아담한 동산이었다.

그늘 천막서 잠시 숨을 고르다 공원의 화장실에 들어갔다. 두 개의 남성 소변기 위에는 각각 코팅된 흰 A4용지가 붙어 있었다. 가까이 가보니 화장실 에티켓 문구가 쓰여 있다.

'잠깐! 한 걸음 더 가까이 와 주세요!!!', '잠시만요!! 한 걸음만 더 가까이 와 주세요!!! 아름다운 사람이 되어주세요!!^^*', 서로가 자신한테 오라고 호객행위를 한다. 어디로 갔겠는가. 아름다운 사람의 선택지는 말하나 마나다.

작은 생각의 차이가 큰 결과의 차이를 가져 온다. 어느 화창한 봄날 뉴욕의 한복판, 동냥을 하고 있는 거지가 있었다. 거지는 '나는 맹인입니다'라는 팻말을 목에 걸고 적선을 기다렸다. 하지만 모두가 스쳐 지나갈 뿐 대부분 적선을 하지 않았다.

때마침 그곳을 지나던 한 시인이 그 앞에 멈춰 서고는 팻말의 문구를 고쳐 적었다. '나는 맹인입니다. 눈부시게 아름다운 봄입니다. 하지만 저는 볼 수 없답니다', 그때부터 거지를 거들떠보지도 않던 사람들이 적선하기 시작했다.

다르게 생각하면 다른 것이 보인다. 매번 걷던 길을 벗어나니 그동안 보지 못했던 다른 것들이 새로운 의미로 다가온다. 다른 생각, 다른 시선이 상상력에 엔진을 달게 한다.

많이 걸어간 길만이 바른 길은 아니다. 자신만의 보폭으로 얼마든지 다른 길을 걸을 수 있다. 그 길을 내 길로 만들면 된다. 걷는 만큼 내 길이다.

묻고 더블로 가!

도전은 아름답다. 꿈을 위해 전진한 만큼 순이익이다.

한 번 사는 인생 남부럽지 않게 때깔 나게 살고 싶다. 하지만 말처럼 쉽다면 아무도 로또 복권을 사지 않을 것이다. 꿈은 원대하나 현실은 초라하다. 그럼에도 혹시 모를 멋진 행운을 기대하며 꿈을 꾼다.

어느 날 꿈의 실천 목록인 '버킷리스트'를 작성했다. 이룰 수 있을지 없을지는 상관하지 않고 적어 내려갔다. 두세 가지로 끝날 줄 알았는데 자그마치 20가지나 됐다. 꿈이 많은 것인지, 욕심이 많은 것인지 헷갈렸다.

국내의 모든 시·군·구를 여행하며 답사기 쓰기, 세계 여행(히말라야/몽블랑산맥 트레킹, 산티아고길 걷기, 몽골초원서 별 보기, 소금호수와 이과수 폭포 투어), 국내 명산 20곳 산행(백두산, 설악산, 한라산, 지리산, 울릉도 신선봉...), 유럽축구 직관, 60세까지 팔팔하게 축구하기….

별 것 아닐 수도 있겠지만 내게는 엄청난 소망들이다. 중도에 포기할 수는 있겠지만 시도도 하지 않은 채 꿈을 접고 싶지는 않다. 마지막 스무 번째의 꿈은 '책 쓰기'다. 내 이름이 들어간 책 한 권을 쓰고 싶다.

오랜 세월동안 숱한 말을 뱉어 왔다. 그 가운데는 보석 같은 말과 쓰레기 같은 말이 혼재돼 있다. 그럼에도 그간 내뱉었던 말들과 보고 듣고 느꼈던 경험들 중 기억에 남는 것들을 정리하고 싶었다.

그래서 버킷리스트를 역순으로 실천하기로 했다. 첫 과제는 당연히 책 쓰기다. 황금 같은 시간을 허송세월할 수 없어 남들은 도대체 책을 어떻게 냈는지, 유경험자들의 지혜를 빌리기 위해 '책 쓰기'와 관련된 책들을 구해 읽었다.

『이젠, 책 쓰기다』, 『퇴사하기 전에 나도 책 한 권 써볼까?』, 『보통 사람을 위한 책 쓰기』, 『내 인생의 책 쓰기』, 『김병완의 책 쓰기 혁명』, 『당신의 글에 투자하라』, 『마흔, 당신의 책을 써라』, 『뼛속까지 내려가서 써라』, 책 쓰기와 관련된 책들을 탐독했다.

작가들 한 명 한 명이 모두가 대단한 스승이었다. 그들도 시작은 미약했고, 힘겨웠다. 하지만 그 작가들은 이제 출판가의 저명인사들이 됐다. 그들의 이야기 속에는 공통점이 있었다.

관련 서적을 많이 읽어라, 하루에 서너 시간을 글 쓰는데 투자하라, 글이 써지든 안 써지든 무조건 의자에 앉아 엉덩이의 힘으로 밀고 나가라, 평가를 두려워하지 마라, 그들의 조언을 마음에 새겼다.

그들이 말하는 것처럼 일단 허접한 책이라도 내게 되면 그 순간 한 뼘 더 성장해 있는 나를 발견할 수 있을 듯싶다. 그럼에도 헷갈렸다. '그래 나도 한번 써볼까', '시간 낭비야, 미리 포기하는 게 속편해', 어느 것을 선택할지 여러 날을 고민했다. 글쓰기 지침서가 오히려 내적 갈등을 더 키웠다.

묻고 더블로 가!, 고민 끝에 결정했다. 배짱으로 밀고 나가자고 마음먹었다. 팔을 걷어붙이고 글쓰기 작업에 돌입했다. 퇴근 후와 주말 시간을 집중적으로 투자했다. 개인 약속을 줄이고 취미생활을 줄였다.

내 삶의 단상들을 끄집어내 쉼표와 마침표를 찍어 가며 문장을 잇고 문맥을 만들어 갔다. 특히 독자들에게 선한 영향력을 줄 수 있을지를 고민하며 글을 써 나갔다.

책 한 권을 만들기 위해선 A4용지 100여 장의 원고가 필요했다. 원고량이 우선이며 좋은 글은 다음의 문제였다. 100여 장의 원고부터 무조건 만들어내야 했다.

쓰고 지우고 다시 썼다. 경험에서 얻은 지혜를 풀어냈고, 절망보단 희망을 이야기했다. 내 작은 버킷리스트에서 출발한 글쓰기가 주위에 조금이라도 더 나은 영향을 미칠 수 있도록 펜 끝을 뾰족이 세웠다.

결국 적지 않은 시간을 보낸 후 하나의 꿈을 이뤘다. 무모한 도전이었지만 중도에 포기하지 않았다. 끝까지 밀고 나가 드디어 책 출간의 결승점에 도달했다.

나의 글이 어떤 평을 받을지는 알 수 없다. 어느 누구는 읽어줄 만했다고 말할 것이며, 또 다른 누구는 시답잖은 글은 일기장에나 쓰라고 비난할 것이다.

무엇이 됐든 후회는 없다. 돌아보면 책 쓰기의 지난한 과정도 내 삶의 중요한 한 부분이 됐다. 전진이냐, 포기냐? 그때그때마다 고민했다. 그럴 때마다 포기를 포기했다. '포기'란 배추 셀 때나 필요하다. 선택은 단호했다. 묻고 더블로 가!

키보드 자판기를 계속 두드리다 보니 글이 써졌고, 글은 모였다. 그리고 그것이 책이 됐다. 그래서 쉽게 멈춰선 안 된다는 것을 깨달았다. 인생은 가끔 배짱으로 살 필요가 있다.

버킷리스트는 꿈의 지도다. 사람은 꿈 꿀 수 있을 때 행복하며 꿈의 크기만큼 자란다. 도전은 아름답다. 꿈을 위해 전진한 만큼 순이익이 된다. 밑질 것이 전혀 없다. 꿈을 그렸다면 무조건 외쳐라.

묻고 더블로 가!

울창한 숲에는 잘난 나무만 살지 않는다

못생기고 작은 나무가 숲이 되어 선산을 지킨다.

"썩어 빠진 고인 물인가, 선산을 지키는 못생긴 나무인가?", 항상 고민이 가는 대목이다. 첫 직장에 입사한 이래 28년째 줄곧 한 곳에서 일하며 늘 되묻는 질문이다.

강산이 세 번 바뀔 동안 한 곳에서만 일하는 것은 썩어 빠진 고인 물로 비칠 수 있다. 고인 물은 흐르지 않아 더럽다. 나 자신도 아집과 그릇된 신념으로 젊은 세대의 흐름을 막아 버리는 고인 물은 아닌지 혼란스러울 때가 많다. 물이 고여 흐르지 못하면 병원균이 꼬이듯, 제때 물러나지 못하면 민폐가 된다.

또 다른 한편으로는 스스로를 '못생긴 나무'라고 위로한다. 시골 마을의 선산은 못생긴 나무들이 지키기 때문이다. 하늘을 향해 쭉쭉 뻗은 나무들은 진즉에 재목감으로 모두 잘려 나갔다.

하지만 못생기고 작은 나무는 특출나지 않았고 비범하지도 않았기에 대목수의 눈에 띌 일이 없어 음지 한편에서 선산의 숲을 이룰 수 있었다.

선산의 숲이 되어 있는 동안 마을을 떠나는 많은 나무들을 보았다. 하루 이틀 만에 새싹인 채로 떠난 미래의 우량목도 있었고, 십여 년을 쑥쑥 자라 훌륭한 재목으로 떠난 친구들도 있었다. 또 어떤 때는 거센 폭풍우를 견디지 못해 스스로 부러지고 꺾여 벌목공의 날카로운 톱날에 쓰러져 간 친구들도 숱했다.

오랫동안 선산과 함께 할 수 있어 좋았다. 산들바람이 불면 시원해서 좋았고, 태풍이 몰아치면 뿌리를 더 튼튼히 박을 수 있어 좋았다. 가을이 오면 도토리 한 개 떨굴 수 있어 좋았고, 겨울이 오면 흰 눈이 부드럽게 감싸줘 좋았다.

물론 위기도 많았다. 선산에 심어진지 얼마 되지 않았을 때 옆의 큰 나무들로 인해 햇빛을 받을 수 없어 숨이 막혔고, 비슷한 크기의 친구들은 내 뿌리를 자꾸 밟고 들어와 버티기가 힘들었다. 너무도 힘들어 스스로 뿌리를 뽑아 먼 곳으로 달아나고도 싶었다.

하지만 어느 날부터 그 어떤 것도 참아내기로 했다. 큰 나무가 햇볕을 가려도, 비슷한 크기의 친구가 내 뿌리를 짓이겨도 모른 채 하고 살았다. 그러나 위기는 한두 번으로 끝나지 않았다. 갑작스레 마을의 큰 어른이 바뀌었다. 그 어른은 나를 야트막한 동산의 어귀에서 저 너머 벼랑 끝 모서리로 자리를 바꿔 심었다.

참 낯선 곳이었다. 늘 잡담하며 웃고 떠들던 토끼와 다람쥐도 없는 황량한 벌판 같은 곳이었다. 바람도 거세어 자칫하면 뿌리 채 뽑혀 낭떠러지 아래로 떨어질 판이었다.

이 마을에서의 삶은 끝났다고 직감했다. 절벽 아래로 떨어져 고사목으로 죽든 스스로 뿌리를 뽑아 다른 곳으로 날아가든 선택해야 했다.

하지만 그 어른이 밉다하여 정든 마을을 떠나고 싶지는 않았다. 그래서 버티기로 마음먹으니 새로운 풍경이 보이기 시작했다. 벼랑이 높아 더 멀리 볼 수 있어 좋았고, 험한 낭떠러지는 뿌리를 더 깊이 박을 수 있어 좋았다.

또한 옆을 바라보니 내 처지와 비슷한 친구들이 옹기종기 모여 서로가 의지하며 살아가고 있는 모습도 보였다. 이제와 돌아보니 나의 직장 생활도 선산을 지키는 못생긴 나무와 같았다.

못생긴 나무가 선산을 좋아했듯 나 또한 나의 일터를 무척 좋아했다. 작은 나무 한 그루가 선산의 푸름을 더하듯 나 역시 나의 일터에 신선한 바람을 불어넣으려 애써왔다.

선산의 못생긴 나무가 토끼, 다람쥐와 편을 갈라 도토리 공으로 축구놀이를 하듯 나 역시 주말마다 취미생활을 통해 일터에서의 고단함을 씻어낼 수 있었다.

가족들의 응원도 절대적이었다. 선산에 뿌리를 내린 못생긴 나무는 몇 해 뒤 바로 옆의 새침데기 참나무 양과 사랑을 나눈 뒤 두 그루의 나무를 키워냈다. 나무 가족은 비바람이 몰아쳐 쓰러질라 치면 서로 몸을 맞대고 부축하며 살아갔다. 나도 그랬다. 나의 가족은 언제나 나를 지탱해주는 든든한 버팀목이었다.

선산의 못생긴 나무는 동료 나무들의 격려로 험난한 시절을 버텨냈다. 나 또한 마찬가지였다. 동료들의 사랑 덕분에 무너지지 않고 여기까지 달려왔다.

그 나무는 비록 볼품은 없었지만 자신이 있어야만 아름다운 숲이 완성된다는 자부심을 잃지 않고 그 자리에 버텨 서서 끝내는 숲이 되었다. 나 또한 잘난 구석은 없었으나 낮아진 자존감을 일으켜 세우며 조직의 구성원으로 남아 있다.

아무리 마을의 큰 어른과 그 집 자식들이 외면해도 못생긴 나무마저 자신을 미워해선 안 되었다. 절대적으로 자신을 사랑했다. 그러다 보니 못생긴 작은 나무였지만 마을의 선산을 오랫동안 지킬 수 있는 숲이 되었다. 울창한 숲에는 잘난 나무들만 사는 것이 아니다. 못생긴 나무도 숲이 된다.

묵은해와 새해

지나간 어제도 오늘만큼 좋은 날이었고,

다가올 내일은 오늘보다 더 좋은 날일 것이다.

가고, 온다. 세월이 그렇다. 365일이 꽉 차면 한해가 가고, 또 다른 한해가 온다. 묵은해는 과거가 되고, 새해는 현재가 된다.

"묵은해니 새해니 분별하지 말게나/ 겨울 가고 봄이 오니 해 바뀐 듯하지만/ 보게나, 저 하늘이 무엇 달라졌는가/ 우리가 어리석어 꿈속을 헤맨다네."

학명 선사의 말이다.

도의 경지에 이르지 못한 일반인에게는 한 해가 저물고 새해가 오는 것이 나름의 의미가 있다. 송년회와 신년회를 갖는 것도 그런 이유다. 송년 모임에선 마음속 응어리를 모두 떨쳐 버리고 싶고, 신년 모임에선 부푼 희망으로 새 출발을 하고 싶다.

언제 새해가 오고 있음을 실감하는가? 제야의 종소리가 울려 퍼질 때인가, 아니면 TV에서 연예대상 시상식이 열릴 때인가, 그것도 아니면 크리스마스트리의 불빛이 명멸할 때인가, 모두 맞다. 그때 현관문을 열면 우뚝 서 있는 새해의 모습을 볼 수 있다.

나의 새해는 새 달력을 받을 때 시작한다. 새 달력 중 잊히지 않는 달력이 있다. 땅 끝 마을에서 보내온 달력에는 진도타워, 신비의 바닷길, 낙조 전망대 등 진도군의 아름다운 풍광이 담겼다.

그해 여름, 휴가를 떠나기에 앞서 진도군청에 관광지도를 요청했었다. 아마 그 기록이 남아 있어 새해 달력을 보내준 듯하다. 한 장 한 장을 펼칠 때마다 남도 바다의 짠 내음이 물씬 풍겨 나온다. 신기한 표식이 눈길을 끌었다. 1일부터 31일에 이르기까지 각 날짜 아래 물1, 물2, 물3 등 암호 같은 표기가 연속돼 있었다.

진도군청 관계자에게 감사의 인사를 드리며 그 뜻을 물었다. 밀물이 되어 바닷물의 높이가 가장 높아졌을 때(만조·滿潮)와 썰물이 되어 바닷물의 높이가 가장 낮아졌을 때(간조·干潮)의 조수 간만의 차와 밀물과 썰물의 시간대라고 했다. 고기 잡는 어부나 낚시꾼들에게는 매우 중요한 정보라고 한다.

남도의 멋이 가득한 새해 달력을 화장실 안에 걸었다. 화장실에선 많은 생각들이 떠오르기 때문이다. 새 달력에 생일, 결혼기념일,

기일 등 집안의 경사스런 날과 추모해야 할 날들을 파란색 펜으로 표시한다.

빨간 날을 짚어 보는 것도 필수다. 국경일, 명절, 법정 공휴일 등이 일요일과 몇 번 겹치는가를 확인한다. 월급쟁이들에게 빨간 날은 해피데이(happy day)고, 겹치는 날은 새드데이(sad day)다.

중요 일정을 표시하는 것은 미래를 향한 몸짓이다. 절망보다는 희망, 불행보다는 행복이 더 많기를 바라는 마음이 담겼다. 새해를 맞이하며 지난 한해를 되돌아본다. 작심삼일인 것이 있었는지를 찾아 반성하고, 기대 이상으로 잘한 일에 대해서는 스스로를 칭찬한다.

나이가 들면서 변하는 것이 있다. 젊었을 때는 계획한 것을 제대로 실천하지 못하면 크게 자책했다. 하지 못한 것에 대한 상실감이 컸다. 그러나 나이가 들며 많이 달라졌다. '지난해에는 못했네, 올해 다시 하면 되지, 뭐', 이런 식이다.

안타까움과 아쉬움에 자책하기보다는 지난 한 해 무탈하게 버텨 낸 것에 고마워한다. 건강하게 살아 있는 것만도 엄청 다행이다. 이제야 학명 선사의 말씀이 이해된다. "묵은해니 새해니 분별하지 말게나", 선사의 말씀을 따라 지난해와 새해를 편 가르지 않기로 했다.

새해는 분명 또 다른 시작이나 지난해를 완전히 지울 순 없다. 지난해의 발걸음이 새해로 이어져 나가기 때문이다. 지나간 어제도 오늘만큼 좋은 날이었고, 다가올 내일은 오늘보다 더 좋은 날일 것이다.

농부는 좋은 날에 열매를 거두기 위해 씨를 뿌린다. 한 알 한 알이 희망의 씨앗이다. 뜨거운 여름날 밭을 갈고 물을 주는 이유도 내일의 결실을 기대하기 때문이다.

새해의 365일은 아직 온전히 다가온 시간들이 아니다. 낮과 밤이 365번 번갈아 가고 와야 1년이라는 세월이 묵은해가 될 수 있다.

"지나간 달을 넘기고/ 새달을 받는다/ 이 아침/ 서른 개의/ 깨끗한 날을 받는다./ 달걀 한 바구니처럼/ 굵고 소중한 선물/ 어미 닭이 달걀을 품듯/ 서른 개의 날들이/ 서른 개의 꿈으로 깨어나게 될 일을/ 곰곰 생각한다."(달력을 넘기며/ 권영상)

그렇다. 새해의 365일을 1년이라고 한다면, 새롭게 받아든 한 달은 아무런 낙서도 없는 서른 개의 흰 도화지다. 우리 모두는 각자 자신의 삶의 조각을 그려 내는 화가다. 누구나 자신만의 그림을 맘껏 그릴 수 있다. 꿈 한 조각, 희망 두 덩이, 행복 세 스푼, 붓 가는대로 그릴 수 있다.

무엇을 그려 넣든 자유다. 당신만의 지도를 그릴 수 있다. 꿈을 향한 지도, 그 위에 당신이 첫발을 내딛고 있다.

평생직장은 없고 평생직업은 있다

가장 분명한 생존 전략은 버팀이 아닌 변화다. 직장은 없어도 직업은 많다.

아내와 함께 가끔 집 앞의 마트로 장을 보러간다. 아내는 그곳에서 우유, 요구르트, 달걀, 소시지 등을 자주 산다. 그때마다 아내는 냉동실의 바깥쪽이 아닌 깊숙한 안쪽의 제품들을 힘겹게 꺼내 장바구니에 담는다.

"뭐 하러 그렇게 해?"라는 물음에 "보관실 안쪽의 제품들이 유통기한이 좀 더 길어 신선하다"라고 답한다.

아내가 중요시하는 '유통기한'이라는 말에 괜스레 놀란다. 유통기한은 음식물에만 있지 않기 때문이다. 직장인의 이마를 자세히 살펴보면 유통기한이 표시된 주름살 바코드가 부착돼 있다. 이 친구는 5년 차, 저 친구는 10년 차, 건다 보면 자동 스캔된다.

냉동실의 각종 유제품이나 가공식품만큼 직장인의 유통기한도 급격히 짧아지고 있다. 예전엔 한번 입사하면 평생이 보장됐으나 이제는 쓸모를 다하면 폐기되는 소모품과 같아 언제 버림 받을지 모른다.

그렇다 보니 직장 생활의 최고 화두는 생존(生存)이 됐다. "직장 잘 다니지?"라고 묻지 않고 "아직 잘 살아 있지?"라고 묻는다. 대답 또한 마찬가지다. "응, 잘 다녀"가 아니라 "응, 잘 살아 있어!"라고 말한다.

한 직장으로만 28년째 보급 중인 '나'란 제품의 유통기한도 이제 서서히 끝을 향해 치닫고 있다.

사업하는 친구들이 종종 안부를 묻는다. "일 잘하고 있지?"라고 묻지 않고 "잘 버티고 있지?"라고 묻는다. 직장에서의 나의 쓰임새 보다는 생존 여부에 관심이 많다.

앞으로 유통기한이 30년인 직장인을 찾기는 힘들 것이다. 원잡(one job)의 시대가 저물고 투잡(two job), 쓰리잡(three job), 멀티잡(multi job)의 시대가 뜨고 있다.

어느 직장이든 한 직장인이 30년의 해묵은 지식을 갖고 비티도록 방치하지는 않을 것이다. 바야흐로 철밥통의 종말이 다가온 셈이다.

이젠 한 직장에서 평생 살아남기란 거의 불가능하다. 평생을 먹고 살려면 고정 직장이 아닌 다양한 직업을 갖고 살아남아야 한다. 수시로 이직하며 어디에서든 통용될 수 있는 자신만의 특화된 전문성으로 무장해야 한다.

경제 호황기는 옛날이고, 취업 불황기는 현재다. 게다가 고용 창출은 암흑이고, 구조 조정은 활황이다. 특출난 경쟁력이 없으면 도태 1순위다.

생동감을 잃은 노동 시장에서 먹고 사는 문제가 엄청난 숙제가 되었다. 거대한 코끼리가 키 작은 동물을 깔고 앉은 것처럼 고용의 숨통이 막혀가고 있어 직장인들의 불안은 점점 더 커져갈 수밖에 없다.

이제는 직장과 직업의 개념을 다시 바라봐야 한다. 몽골초원의 유목민처럼 풀과 물이 있는 곳이라면 언제든지, 어디든지 달려갈 수 있어야 한다.

끝없이 펼쳐진 초원은 이제 어느 한 곳도 보기 어렵다. 드문드문 보이는 초지를 찾아 달려갈 수밖에 없다. 평생의 일자리는 사라져 가고, 순간의 일거리가 부상 중이다. 일자리가 줄어든 대신 일거리는 늘었다.

배달 앱의 명령에 따라 움직이는 배달기사처럼 자신을 필요로 하는 환경에 맞춰 근무하는 방식으로 변화되고 있다.

이에 더해 급속한 디지털 혁명은 비대면 비접촉 방식의 무인시스템, 원격진료, 원격제어, 온라인 교육, 화상 회의, 인터넷 상거래 등 신직종의 일거리를 만들어 내고 있다.

근로 환경의 패러다임이 바뀌면 직장인도 거기에 맞춰 변할 수밖에 없다. 관건은 자신의 가치관과 정체성을 존중받으며 근무 가능한 일거리를 찾을 수 있느냐는 점이다.

사실 방법은 그리 많지 않다. 그럼에도 준비해야 한다. 그것만이 생존을 보장하기 때문이다. 자신의 영역에서 독보적인 전문성을 키운 뒤 다른 분야의 지식과 융합시킬 수 있는 능력을 배양해야 한다. 그것만으로 끝이 아니다. 매 순간 새로운 아이템으로 창의력을 극대화시켜야 살아남을 수 있다. 정말 쉽지 않은 일이다.

일거리가 아무리 많아도 능력이 부족하면 갈 곳이 없다. 모두 다 그림의 떡에 불과하다. 그렇다면 어떻게 준비해야 하는가. 답은 한 가지다. 끝없이 배우는 수밖에 없다. 배움을 멈추는 순간 구직과 이직의 기회는 사라진다. 평생교육으로 자신을 재무장해야 한다.

'버티면 된다'고 말했던 생존의 화두가 확 달라졌다. 버티면 통하던 시대는 끝났다. 앞으로 그런 시대는 다시 오지 않을 것이다.

매우 안타까운 일이지만 나 같은 '30년짜리 유통기한' 직장인은 더 이상 생산이 안 된다. 내가 이 시대의 마지막 재고품이다. 이제 막 '솔드아웃(Sold Out)' 푯말을 내걸을 참이다. 영원한 품절이자 단종 제품이다.

가장 분명한 생존 전략은 버팀이 아닌 변화다. 기존의 구식 무기를 던져 버리고, 신식 무기를 집어 들어야 한다. 평생직장을 찾으려

기웃거리지 말고 평생직업을 찾아 길을 나서야 한다. 직장은 없어도 직업은 많다. 불행하게도 썩 유쾌한 시대는 아니다.

천리포수목원에 밴 한 사내의 집념

창조적 혁신은 대개 비주류의 몫이다.

주류와는 결이 다르게 묵묵히 자신의 길을 걸은 소수자들이다.

　　직장동료 세 명과 쉼을 찾아 여행을 떠났다. 어린이날이 끼어 있는 토, 일, 월 3일 연휴를 이용해 발길을 옮긴 곳은 태안군이다.

　　태안(泰安)에 가면 왠지 모르게 그 이름처럼 크게 편안할 듯싶었다. 태안이 유명세를 탄 것은 안면도의 천연송림과 아름다운 해안 때문만은 아니다.

　　태안하면 가장 먼저 떠오르는 이미지는 2007년에 발생했던 원유 유출 사고다. 유조선과 해상 크레인이 충돌해 유조선 탱크에 있던 엄청난 양의 기름이 태안의 앞바다로 퍼져 나가면서 양식장과 어장의 어패류가 폐사하였다.

　　또한 만리포, 천리포, 안면도 등 해안을 따라 퍼져 나간 짙은 기름띠는 서해안 일대를 '기름 범벅'으로 만들며 사상 최악의 해양 오염사고로 번져갔다.

하지만 최악의 상황이 최고의 반전을 일으켰다. 너무도 안타까운 상황을 수습하기 위해 전국에서 자원봉사자들이 몰려들었다. 무려 130만여 명의 봉사자들이 태안을 찾아 밤낮없이 기름 제거 작업에 나서 오염된 해역을 단기간에 복구시키는 엄청난 기적을 연출했다.

그 기적의 땅으로 가는 길은 황금연휴답게 고속도로든 국도든 모두 주차장이었다. 꼬리에 꼬리를 문 자동차의 행렬이 뜸해질 무렵 우리 일행은 파도가 넘실거리는 태안에 도착했다.

가장 먼저 들린 곳은 '서해안의 푸른 보석'이라고 불리는 천리포수목원이다. 이 수목원은 가평의 아침고요수목원, 통영 외도의 보타니아, 제주의 한라수목원처럼 한 인간의 집념이 만들어낸 천상의 화원이다.

천리포수목원은 푸른 눈의 한국인 민병갈(1925~2002) 원예가에 의해 조성됐다.

미국 펜실베이니아주에서 출생한 칼 페리스 밀러는 우리나라가 해방되던 해인 1945년 미 24군단 정보장교로 한국에 첫발을 내딛었다. 그는 1962년에 천리포수목원을 만들 부지를 매입하고 1979년에 민병갈이라는 이름의 한국인으로 귀화한 후, 40년 동안 한결같은 마음으로 무려 1만 5,800여 종류의 식물을 식재하여 세계적인 명품 수목원을 탄생시켰다.

결혼도 하지 않은 채 이역만리 타국에서 오로지 수목원 조성에 힘썼던 그를 두고 사람들은 미쳤다고 했다. 미친 것이 맞다. 미치지 않고서는 도저히 그렇게 할 수가 없다. 한 곳만 바라본 그의 외길 인생이 있었기에 천리포수목원이라는 대작을 만들어 낼 수 있었다.

크고 작은 나무들이 우거진 숲에서 그의 발자취를 더듬어 봤다. 얼마나 그만두고 싶었고, 도망치고 싶었을까. 밀려드는 후회를 어떻게 삭였을까. 포기를 몰랐던 그의 모습이 그려졌다. 숱한 좌절과 실패도 있었을 것이다. 그럼에도 그는 결코 멈추지 않았고, 결국 해냈다.

화려한 꽃들의 향연, 우뚝 선 나무들의 미소, 예쁜 새들의 지저귐, 숲 바람으로 번져 가는 메아리, 그가 만들어 낸 선물들이다.

천리포수목원에서 한참을 머물다 꽃지해수욕장 근처 세계튤립축제장을 찾았다. 수만 개의 형형색색 튤립들이 한바탕 꽃 잔치를 벌이고 있다.

활짝 핀 꽃들을 배경으로 함박웃음을 지며 너도나도 사진 찍기에 분주하다. 세계튤립축제가 꽃 대궐로 각광받을 수 있었던 데에는 누군가의 창조적 혁신이 있었기에 가능했다.

바닷바람 몰아치는 허허벌판에다 세계튤립축제를 유치한다고 했을 때 얼마나 많은 사람들의 비아냥거림을 받았을지는 불 보듯 뻔하다.

창조는 파괴다. 기존의 관습과 틀을 깨는 것이다. 그래야만 새로운 무언가를 만들어 낼 수 있다. 남들과 똑같이 바라보면 이뤄낼 수 있는 것은 없다. 남들이 간 길을 따르지 않고 자신의 신념대로 외길을 고집해야만 이전에 없었던 새 길을 만들어 낼 수 있다.

창조적 혁신은 대개 비주류의 몫이다. 주류와는 결이 달라 정신병자라는 놀림을 받아도 묵묵히 자신의 길을 걸은 소수자들이다. 그들의 헌신으로 다수가 행복하다.

편안했던 여행을 마치고 서울로 올라가는 길, 내려온 만큼 올라가는 차들이 많아 숨 막히는 교통 체증이 이어졌다.

생각이 꼬리에 꼬리를 문다. 훗날 나는 어떤 사람으로 기억될까. 민병갈 설립자와 같은 집념의 사나이로 기억될 수 있을까. 아마 그렇지 못할 것이다. 태안(泰安)의 여행은 그렇게 끝나갔다.

Chapter 6

사랑, 자신을 사랑해야 할 이유

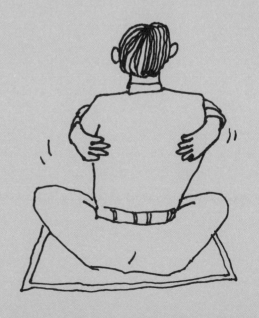

3000개의 모정탑을 쌓을 수 있는가?

위대한 길을 걷는 사람들의 뒤에는 늘 엄마가 함께 한다.

여행길 이곳저곳에서 여러 형태의 돌탑을 만났다. 액(厄)을 막고 복(福)을 불러온다는 돌탑은 대개 자신의 소망을 담아 쌓는다.

강원도 정선에서 강릉 방향으로 국도를 타고 가다 도착한 노추산 자락에서 잊지 못할 돌탑을 만났다. 노추산 계곡으로 1km정도 들어가다 해발 600여 미터의 지점에서 1~3m 크기의 돌탑 무더기를 만났는데 그 이름이 '모정탑(母情塔)'이었다.

이 모정탑에는 故 차순옥 씨의 희망과 열정이 담겨 있다. 그는 1986년부터 2011년 8월 세상을 떠나기 전까지 무려 25년간 가정의 평안을 기원하며 돌탑을 쌓았다.

나이 스물셋에 강릉으로 시집온 서울 처녀 차순옥 씨. 그는 4남매 중 두 자녀를 저세상으로 먼저 보냈다. 또한 남편은 정신병을 앓는 등 집안에 우환이 끊이지 않았다. 자칫하다간 나머지 자식들도 잃을 수 있다는 불안에 떨었다.

그 무렵 이상한 꿈을 꾸었다. 꿈속에 나타난 산신령으로부터 돌탑 3000개를 쌓으면 집안에 우환이 없어질 것이라는 계시였다. 강릉 시내에 살던 차 씨는 노추산 계곡에 홀로 움막을 짓고 살며 매일매일 돌탑을 쌓았다. 그렇게 25년간 쌓아올린 돌탑의 수가 3000개에 달했다.

그는 나이 예순여덟, 하늘나라로 갈 때까지 돌탑 쌓기를 계속했다. 이후 사람들은 그 돌탑을 노추산의 모정탑이라고 불렀다. 그곳에는 모정탑의 주인공에게 바치는 헌시(獻詩)가 새겨 있다.

"시간과 공간을 잊은 채 30년 모진 풍상 온몸으로 이겨 내며 켜켜이 쌓아올린 돌탑 3천개. 정성과 정성이 하나가 되어 어깨를 겯고 있는 돌탑 사이로 무심한 세월의 흔적들이 물안개처럼 피어나고 바람에 굴러가는 영혼은 겨울 나비되어 허공을 맴돈다."

노추산 계곡은 봄이 찾아와 화사한 꽃을 피워도 가슴이 시리다. 엄마의 울음소리가 바람 소리와 뒤엉켜 깊은 계곡에 울려 퍼지고 있기 때문이다.

장편소설 『엄마를 부탁해』가 베스트셀러에 오르며 많은 이들의 심금을 울린 적이 있었다. 시골의 엄마가 서울에 올라왔으나 길을 잃고 행방불명이 됐다. 서울에 있는 자식들은 길 잃은 엄마를 찾기 위해 이리저리 뛰어다닌다. 그러는 동안 서로 반목하고, 반성도 하면서 잘 몰랐던 엄마라는 존재에 대해 고마움을 느끼며 사랑을 배워간다는 내용이다.

엄마의 품은 높은 하늘이자 넓은 바다다. 엄마에게 자식은 금덩이보다 더 소중하다. '열 손가락 깨물어 아프지 않은 손가락 없다'는 말처럼 자식은 엄마의 전부다.

엄마의 세월은 영원치 않다. 세월 따라 익어간다. 골짜기 마냥 깊게 패인 이마의 주름살, 긴 가뭄 끝의 논바닥처럼 쭉쭉 갈라진 손등, 하나-둘-셋 간단히 셀 수 있을 몇 개의 치아, 흰 눈 같은 하얀 머리카락, 낫처럼 구부러진 허리, 그렇게 변해가는 엄마의 모습을 따라 그 엄마의 딸 또한 엄마를 닮아간다.

어느 날 저녁식사 자리, 밥상을 물린 후 아내가 포도 한 송이를 내왔다. 아내가 포도 몇 알을 따 먹고 있는 내 손을 탁 치며 말한다. "그만 먹어요", "왜?", "아이들 주게요."

아내가 갑자기 물었다. "당신, 나와 가족을 위해 죽을 수 있어요?" 머뭇거릴 필요도 없이 자신 있게 말했다. "그럼, 죽고 말구. 이 세상서 누릴 것 다 누려 봤잖아. 학창시절과 청소년 시절을 보내 봤고, 결혼도 해서 아이들을 둘씩이나 키워 봤는데 뭘 더 바라겠어. 누릴 것 다 누려 봐서 미련 없어, 가족 위해 죽으라면 얼마든지 OK!"

내가 되물었다. "그러는 당신은?" 아내가 웃으며 말한다. "아이들을 위해서라면요", "뭐야? 나를 위해서는…." 아내는 미소만 짓고 만다. 자식들을 위해서라면 목숨까지 내놓는 게 엄마다. 약한 여자는 있어도 약한 엄마는 없다.

엄마의 무한 사랑은 자식을 낳을 때 겪었던 큰 고통의 경험이 자식이란 절대적으로 자기 것이라는 애착으로 몰입되기 때문이라고 한다.

'국민에 의한, 국민을 위한, 국민의 정부'라는 불멸의 말을 남긴 미국의 제16대 대통령 에이브러햄 링컨의 말이다. "내가 성공을 했다면, 오직 천사와 같은 어머니의 덕이다."

온갖 실패와 고통을 견뎌 내고 다시 일어서 위대한 길을 걷는 사람들의 뒤에는 엄마가 함께 한다. "괜찮다, 일어나라, 다시 하면 돼, 넌 꼭 할 수 있어", 무한 신뢰로 말없이 바라봐주는 엄마가 있었다.

"너도 너와 꼭 닮은 자식새끼 낳아서 키워 봐라." 속 썩이는 자식을 향해 가끔씩 던졌던 엄마의 말. 부모가 돼 자식을 키우고 있으면서도 엄마의 마음을 잘 모른다. 자식을 향한 내리사랑과 엄마를 향한 치사랑이 같지 않기 때문이다. 자식은 엄마의 모든 것이다.

"당신도 3000개의 모정탑을 쌓을 수 있어?" 누군가 내게 묻는다면 주저할 것이다. 하지만 엄마는 다르다. "그까짓 거, 지금 당장 쌓지 뭐."

신문 그리고 엄마

신문은 신문지 속 뉴스를 모두 증발시켜 스스로 폐지가 된다. 엄마도 그렇다.

억겁(億劫)의 세월이 흘러도 꼭 그 자리에 있었으면 하는 것들이 있다. 종이 신문과 엄마다. 잠자리에서 일어나자마자 제일 먼저 찾는 것은 현관문 앞의 종이 신문이다. 어린 아기 때 젖 달라고 엄마부터 찾듯 아침마다 늘 그 자리에 신문이 있어 참 좋다.

디지털 시대의 도래로 종이 신문이 설 자리가 점차 사라져 가고 있다. 엄마 또한 나날이 노쇠해져 가고 있어 영원히 볼 수 없을 날이 가까이 다가오고 있음을 직감한다.

직업 특성상 종이 신문을 인쇄하고 발송하는 관계자들을 자주 만나게 된다. 만날 때마다 그들의 한숨의 깊이가 더해 간다. 독자들이 주로 온라인으로 정보를 소비하고 있다 보니 종이 신문이 설 자리가 점차 줄어들고 있기 때문이다. 수요가 감소하는 만큼 종이 신문의 중추 산업인 인쇄업과 발송업의 미래도 밝지만은 않다.

줄어드는 수요 말고도 또 다른 문제까지 겹쳐 골칫덩어리다. 종이 신문을 인쇄하기 위해선 수억, 수십억 원의 값비싼 윤전기를 가동해야 하는데, 인쇄업체마다 그 기계를 들여놓은 지가 꽤 오래돼 잔고장이 만만치 않다. 신기종의 윤전기를 구입하려면 많은 돈을 투입해야 하고, 오래된 윤전기의 부품들을 교체하려면 상당수가 단종된 상태라 이러지도 저러지도 못하고들 있다.

그런 사정을 알다 보니 아침 신문을 만날 때마다 코끝으로 날아드는 특유의 잉크 냄새가 더욱 향기롭다. 엄마 또한 그렇게 세월을 먹었다. 깊이 호흡하면 전해졌던 젖 냄새도, 시장 간다고 칠했던 분 내음도 이제는 더 이상 맡을 수 없다. 여느 노인들처럼 노인네 냄새만이 짙을 뿐이다.

"신문은 그날이 지나가면 '신문지'가 된다. 신문이 갓 시집온 새댁 같다면 신문지는 살림꾼이 다 된 아낙과도 같다. 못하는 게 없고 가리는 일이 없으며 궂은일일수록 두 팔을 걷어붙인다. 콩나물이나 멸치를 다듬으려고 할 때, 어쩌다가 주방 바닥에 식용유를 쏟았을 때, 중국 음식이 배달됐을 때, 소포 상자에 어정쩡하게 남은 빈 공간을 채울 때 등 그때마다 신문지가 나선다." (오늘은 신문처럼, 내일은 신문지처럼/ 정성화)

인터넷 신문이 종이 신문을 멀리하게 하고 있다. 그렇지만 나에게 신문의 온도는 늘 펄펄 끓는 100°다. 이른 아침에 집어든 종이 신문에선 바다에서 갓 잡아 올린 활어처럼 뉴스들이 펄떡펄떡 튀어 나온다.

신문의 첫 면은 갈등으로 시작한다. 주로 정치권의 도토리 키 재기 싸움이다. 싸우는 이유도 불분명한데, 매번 치고받고 싸운다. 어찌 됐든 그들의 싸움은 미주알고주알 현장 중계되고, 그 뒤로 청년들의 취업 전쟁 분투기가 이어지며, 한참 뒤에 고령사회에서 갈 길 잃어 방황하는 어르신들의 한숨 소리가 나온다.

뜨거운 뉴스로 펄펄 끓던 종이 '신문'은 곧바로 '신문지'가 된다. 조간신문은 오후에 묻히고, 석간신문은 밤에 묻혀 급랭한다. 식어버린 신문은 신문지로 옷을 갈아입고 자신의 또 다른 배역 속으로 빠져든다. 그새 역할은 화려한 주인공에서 조연도 아닌 단역으로 바뀌었다.

반려견의 배설물을 받는 깔개여야 하고, 택배 상자 속 완충지로 변신해야 하며, 찬장 속 유리그릇을 보호하는 수호천사여야 한다. 그렇게 자신의 역할을 다 마친 뒤에는 허리 굽어진 어느 할아버지가 끄는 수레에 올라타 폐지들이 모이는 고물상까지 침묵한 채 동행한다.

우리 엄마가 그렇다. 신문이 신문지가 되듯 새댁은 순식간에 할

머니로 바뀌었다. 신문처럼 엄마도 자식들을 위해 자신의 모든 열
정을 불태웠다. 너무 태워 무릎, 허리, 치아, 눈, 어디 한 군데 성한
곳이 없다.

그럼에도 남아있는 모든 것을 더 태워 재로 변하고야 말겠다고
한다. 닳아빠진 연골, 구부정한 허리, 어두침침한 눈, 새우처럼 굽은
등을 주섬주섬 챙겨 일거리를 찾아 나선다. 한시도 쉬려 하지 않으
며 쉼은 죄라고 말한다.

용도 다한 신문이 신문지가 되듯 엄마도 마지막 안간힘을 쓰며
폐기 처분될 날을 기다린다. "병들지 말고 곱게 죽어야 너희들한테
피해 안 줄 텐데." 앉으나 서나 늘 자식 걱정이다. 죽지 않고선 끝나
지 않을 걱정거리다.

엄마란 존재는 그 자체로 큰 힘이고 위로다. 엄마는 너무 바빠
죽을 새가 없다. 엄마가 보이지 않으면 말없이 긴 여행을 떠났을 뿐
이다.

신문은 신문지 속 뉴스를 모두 증발시켜 스스로 폐지가 된다. 우
리들 엄마도 그렇다. 자식들한테 더 이상 줄게 없을 때 스스로를 모
두 태워 버린다. 신문지처럼 엄마도 그렇게 떠난다.

날마다 자책하는 사람

아버지란 울 장소가 없기에 슬픈 사람이다.

아버지는 머리가 셋 달린 용과 싸우러 나간다.

    아버지와 어머니, 어머니와 아버지. 어머니를 향한 기억은 차고도 넘치나 아버지를 향한 기억은 미니 인형 뽑기 기계에서 인형을 뽑듯 어쩌다 한번 불현듯 떠오를 정도다.

    내가 아버지와 어머니를 기억하는 이미지가 다르듯 아이들 또한 나와 아내를 향한 훗날의 기억 조각 역시 많이 다를 것이다. 오랜 세월을 같이하며 쌓인 수많은 기억의 파편을 꺼내 아버지를 회상했다.

    아버지는 일꾼이자 술주정뱅이였다. 일꾼 아버지는 큰 부잣집 머슴 같았다. 봄여름가을에는 밭과 논에서 자신의 몸을 쉴 새 없이 움직였다. 한겨울도 마찬가지다. 가족들이 매서운 추위에 떨지 않도록 땔감나무를 구하려 이 산에서 저 산으로 분주히 발걸음을 옮겼다.

술주정뱅이 아버지는 양조장집 주인 같았다. 어제나 오늘이나 술독에 빠져 허송세월하기 다반사였다. 고추밭의 고추가 타들어 가도, 논바닥이 긴 가뭄에 쩍쩍 갈라져도, 땔 수 있는 마른 나무가 없어도, 아버지에겐 그저 남의 일이었다.

'사일사사, 삼일폭음(四日死事, 三日暴飮)'이 반복됐다. 사일(四日)은 죽을 둥 살 둥 일했고(死事), 삼일(三日)은 세상의 술을 모두 없앨 듯 폭음(暴飮)했다. 지킬 박사와 하이드처럼 어떤 모습이 진짜 아버지인지 분간키 어려웠다.

술 마시지 않은 날의 아버지는 연지곤지를 찍은 새색시처럼 수줍고 말이 없었다. 하지만 술 마신 날의 아버지는 주사(酒邪)가 폭발했다. 새색시 같던 모습은 온데간데없고 완전 다른 모습으로 바뀌었다. 주워 담지 못할 막말과 제어 안 되는 막무가내인 모습이 마을 사람들의 눈살을 찌푸리게 했다.

'사일사사, 삼일폭음(四日死事, 三日暴飮)'은 '사일평화, 삼일불안(四日平和, 三日不安)'과 다를 바 없었다. 완벽하리만큼 불완전한 일주일이었다.

결국 문제가 생겼다. 폭음(暴飮)이 불행을 끌고 왔다. 맑았던 하얀 눈동자는 누렇게 변했고, 입으로는 피를 토했으며, 아랫배는 두꺼비 배 마냥 부풀어 올랐다. 결국 아버지는 간경화 합병증이 악화

돼 50대 초반의 나이로 세상을 떠났다. 당신이 그토록 좋아했던 술을 살아서는 더 이상 마실 수 없게 됐다.

그럼에도 머릿속에 각인된 아버지의 모습은 일꾼도 아니고 술주정뱅이도 아닌 친구였다. 어렸을 적 아버지는 늘 나와 함께 했다. 배추, 감자, 고구마를 심으려 밭에 나갈 때나 잘 익은 벼를 베기 위해 논에 나갈 때도 아버지 곁에는 항상 내가 있었다.

눈보라 치는 한겨울에 땔감나무를 구하러 이 산 저 산을 오를 때도 아버지의 손수레에는 늘 내가 앉아 있었다. 겨울밤이면 화롯불에 콩을 볶아 먹고, 흰 가래떡을 구워 먹으며 다정하게 이야기 나눴던 친구였다.

아버지와는 항상 반말이었다. "뒤쪽에서 호미하고 낫 좀 가져 와라"하면, "알았어, 근데 왜 나만 시켜!" 라는 식이다. 아버지의 껌딱지가 따로 없었다.

이에 반해 어머니를 향한 기억의 파편은 그 조각이 너무 많아 한군데로 모을 수가 없다. 어떤 때는 콩알만큼 작았고, 또 어떤 때는 하늘만큼 컸다. 한마디로 표현할 수가 없다.

영국문화협회가 세계 102개 비영어권 국가 4만 명을 대상으로 '가장 아름다운 영어 단어'를 묻는 설문조사를 했다. 그 결과 세계인이 가장 좋아하는 영어 단어 1위는 어머니(mother)였다. 그 다음으로 열정(passion), 미소(smile), 사랑(love), 영원(eternity), 환상적

(fantastic), 운명(destiny) 등의 순서였다. 안타깝게도 아버지의 순위는 8위도 아닌 78위에 머물렀다.

어머니와 아버지의 존재 가치는 비교불가다. 어머니는 세상의 전부다. 그 무엇으로도 한정 짓지 못한다. 자식을 위해서라면 기꺼이 목숨이라도 내어 줄 양반이다.

딸이 엄마가 될 때 모든 딸은 성스런 어머니가 된다. 하지만 아들이 아버지가 될 때 모든 아들은 딱히 무엇이 된다고 말하기 어렵다.

엄마, 어머니라는 이름에는 신성함이 있고, 아빠, 아버지라는 이름에는 존경심이 있다. 엄마가 한없는 사랑을 주듯 아빠도 한없는 사랑을 준다. 다만 표현에 서툴고 익숙지 않기 때문에 볼품없을 뿐이다.

"아버지란 울 장소가 없기에 슬픈 사람이다. 아버지는 머리가 셋 달린 용과 싸우러 나간다. 그것은 피로와 끝없는 일과 직장 상사에게 받는 스트레스다. 아버지란 '내가 아버지 노릇 제대로 하고 있나, 내가 정말 아버지다운가'하는 자책을 날마다 하는 사람이다. 아버지가 가장 꺼림칙하게 생각하는 속담이 있다. '가장 좋은 교훈은 손수 모범을 보이는 것'이라는 말이다."

아버지는 그렇다. 늘 부담을 갖고 사는 존재다. '지금 난 손수 모범을 보이고 있나?'라는 물음에 선뜻 대답할 수가 없기 때문이다. 아버지가 내게 친구였듯 나 또한 친구 같은 아버지를 꿈꾼다. 아, 버, 지, 엄마만큼이나 정겨운 이름이다.

북극여우와 카멜레온의 닮은 점

지금 숨 쉬며 보내고 있는 이 소소한 일상이 생존을 위한 들숨과 날숨이다.

산다는 것은 거저 살아지는 게 아니다. 생존을 위한 어쩔 수 없는 선택과 늘 맞부딪쳐야 한다. 사람만이 아니다. 남산만한 코끼리와 눈곱만한 개미도 살아남기 위해 싸워야 한다. 거친 환경에 적응해야 종족 보존에 성공할 수 있으며, 적응하지 못하면 공룡처럼 소멸하고 만다.

생존을 위해 환경 적응은 필수다. 잎사귀 무성한 나무들도 예외는 아니다. 넓은 들판의 나무는 가지를 옆으로 넓게 퍼뜨리며 자란다. 하지만 비좁은 숲에서 자라는 나무는 가지를 위로만 뻗는다. 자신의 가지를 어떻게 펼쳐 나가야 할지를 알고 있는 셈이다. 그렇지 않으면 생존이 힘들기 때문이다.

추운 곳서 사는 북극여우도 마찬가지다. 북극여우는 일반 여우와 달리 귀가 작고 몸집이 크다. 최대한 열 손실을 줄이기 위한 북극여우만의 방한(防寒) 대책이다.

이뿐만이 아니다. 카멜레온도 주위의 환경에 맞게 초록색, 갈색 등 여러 색깔로 변신한다. 강한 적으로부터 자신을 보호하기 위해서다.

자벌레는 색깔과 움직임으로 자신을 보호한다. 나뭇가지와 비슷한 색깔을 하고 아주 조금씩 움직인다. 그래서 나뭇가지인지 움직이는 생명체인지 구분하기 힘들다. 힘센 포식자들로부터 자신을 보호하기 위한 자벌레만의 생존 전략이다.

OBS-TV에서 방송한 '심연의 악마들'을 시청했다. 평범하게 보이는 물고기가 배에 타고 있는 사람과 수영을 하고 있는 사람들을 사납게 공격하는 장면이 나왔다. 일반 물고기가 식인 물고기로 돌변한 것이다.

물고기는 왜 사람을 공격하게 됐을까. 이유는 간단했다. 먹을 것이 부족했기 때문이었다. 인간의 무분별한 자연환경 파괴로 물고기 서식지의 수질 오염이 심각해졌다. 이로 인해 물고기들의 먹거리가 사라져 버리자 물고기는 먹을 것을 구하기 위해 사람을 공격하기에 이른 것이다. 뭐든 먹어야 생존할 수 있기 때문이다.

인간 사회도 마찬가지다. 전대미문의 코로나19 사태에 기업들도 새로운 생존 전략으로 맞섰다. 세계 최대 전자 상거래 기업인 아마존은 코로나19로 인해 고객들의 주문이 폭주하자 소비 촉진 쿠폰을 없앴고, 인기 상품 목록을 삭제해 고객들의 수요를 조정했다.

월마트는 600개 이상의 주차장과 드라이브스루 약국을 활용해 코로나19 진료소를 만들어 의료 서비스 분야까지 사업 영역을 확장했다.

스타벅스는 전통적인 매장 수를 대폭 줄이고, 테이크아웃형 매장으로 탈바꿈을 시도했으며, 월트 디즈니는 기존의 영화관 수요가 대폭 줄어들자 온라인 동영상 서비스(OTT)인 '디즈니플러스'를 만들어 비대면 방식의 영화 유통으로 활로를 찾았다.

시장에서 장사하는 사람들도 코로나19에 따른 새로운 생존 전략을 꺼내 들었다. 큰 식당들은 넓은 홀을 줄여 매장을 반으로 축소했고, 배달 음식 위주로 사업을 재편했다.

일반 사람들도 낯선 환경에 적응해 갔다. 하루 온종일 착용하는 마스크의 불편을 감내하는 것은 물론 효율적인 착용을 위해 마스크 목걸이와 귀 보호대를 만들어 냈다. 또한 사람들이 많은 시장이나 식당에 가는 것을 꺼리게 되면서 온라인 장보기를 애용하고 있다.

이렇듯 살아남기 위해선 동물이든 인간이든 변화된 환경에 적응할 수밖에 없다. 나 역시 직장 생활 중 생존을 위협받는 위기가 찾아온 적 있었다. 어느 날 갑자기 외근직으로 발령을 받았다.

한여름 날 작렬하는 햇볕에 적응하기 위해 물병 두어 개를 갖고 다니며 타는 목마름을 해결했고, 여벌의 옷도 준비해 땀자국으로 얼룩진 옷을 수시로 갈아입었다.

온종일 걷다 보니 발바닥이 아파서 두꺼운 등산 양말로 그 아픔을 덜었고, 공공건물의 화장실 위치도 잘 파악해 둬 점심식사 후엔 그곳으로 재빨리 달려가 양치질을 했다.

생존 싸움을 하면서 새로운 사실도 확인했다. '인생에 정해진 답은 없다', '행복하지 않은 날은 없다' 고 인식하며 사고는 유연하게 팽창했고, 지금 숨 쉬며 보내고 있는 이 소소한 일상이 생존을 위한 들숨과 날숨이라는 것도 깨달았다.

누군가 물질을 하며 일상을 이어가고 있는 해녀에게 물었다. "왜 추운 겨울날 바다에 들어가십니까?" 그녀가 답했다. "어제도 들어갔기 때문에 오늘도 들어가지요." 생존이란 바로 그렇다. 어제도 살아 숨 쉬었기 때문에 오늘도 살아 숨 쉬어야 하는 것이다.

생존은 어찌 보면 평범한 하루를 단순히 버텨내는 것이다. '버팀' 이 생존을 가능케 하는 갑옷인 셈이다.

"내 남편과 결혼해줄 여성을 찾습니다"

사랑은 양방통행이다. 불통은 사랑을 깨부수는 확실한 무기다.

'반찬 투정하는 내 남편 급매물', '남편 팔아요!(사정상 급매)', '무대 뽀 시어머니 덤으로 드립니다', 인터넷 속의 남편 급매물 글들이다. 대개 웃자고 하는 말들이다. 하지만 유머가 아니라 실제 남편을 팔겠다는 기고가 뉴욕타임스에 실려 화제가 됐다.

뉴욕타임스의 칼럼 코너인 '모던 러브(Modern Love)'에 "당신은 제 남편과 결혼하고 싶을 겁니다"라는 제목의 공개 구혼장(2017.3.3.)이 게재됐다.

"아주 특별한 남자와 결혼해 26년을 살았다. 적어도 26년은 더 살기를 바랐는데 말기 암 진단을 받아 살날이 얼마 남지 않았다. 오늘 당신에게 멋진 남자를 소개하고자 한다. 그는 퇴근길에 장을 봐서 저녁을 만들어주는 로맨티스트이자 집안 곳곳을 손보고 고치는 만능 재주꾼이다. 키 178㎝에 몸무게 73㎏, 반백의 머리에 갈색 눈을 가졌으며, 사랑에 빠지기 쉬운 남자로 나도 어느 날 그랬다.”

칼럼의 맨 아랫부분은 공백으로 남겨져 있었다. 새로운 두 사람이 그 공백을 아름다운 사랑으로 메꿔가기를 바라는 마음에서 남겨 뒀다.

이 칼럼의 주인공은 시카고 출신의 50대 동화 작가인 에이미 크라우즈 로즌솔이라는 여성이다. 이 여성은 난소암 말기 판정을 받아 시한부 인생을 살아야 했다.

주인공은 공개 구혼장을 게재한지 10일 만에 사망했다. 그 후 어떻게 됐을까. 3년 뒤 남편 제이슨의 근황이 소개됐다. 그는 재혼하지 않았다. 죽어서도, 살아서도 제이슨 부부의 사랑은 변함없이 영원했다. 아내와의 소중했던 추억을 담아 발간한 회고록에 그의 마음이 담겨 있다.

“남자는 바위처럼 단단한 금욕적 유형으로 묘사된다. 감정을 드러내지 않아야 한다고 한다. 허튼소리다. 나는 아내의 시신이 들것에 실려 나갈 때 아기처럼 울어 댔다. 눈이 붓도록 울었다. 그 후에도 함께 들었던 귀에 익은 곡조가 흘러나오면 차 안에서도 가슴이 미어지도록 울었다. 나는 그랬다.”

사랑과는 거리가 먼 농담이 있다. 남편은 아내가 죽으면 화장실에 가서 씨~익 웃는다. 아내는 남편이 죽으면 어떻게 할까. 거울 보며 말한다. "ㅎㅎ 이만하면 아직 쓸 만하네, 전세를 놓을까? 월세를 놓을까? 아냐!! 일수를 찍어야지…."

부부의 인연을 맺은 이상 죽을 때까지 사랑하며 살 수는 없을까. 내 남편은 멋진 로맨티스트이자 만능 재주꾼이고, 사랑에 빠지기 쉬운 남자다. 그런 남편을 사랑해줄 멋진 분을 찾는다는 그 여성 같은 사랑. 아내의 빈자리를 그리워하며 어느 곳으로도 떠나지 않은 그 남편 같은 사랑. 너무 비현실적인가.

남편에 대한 농담이다. "우리 남편은 배불뚝이, 빛나리, TV 리모컨 수집가", "사랑의 'ㅅ'자도 모르는 철딱서니", "밥 먹었어? 밥 묵자만 연발하는 무뚝뚝이", 이쯤에서 끝난다면 대단한 선방이다.

남편을 덩어리 취급한다. "집에 두고 오면 근심덩어리, 같이 나오면 짐 덩어리, 밖에 내보내면 걱정덩어리, 마주 앉으면 원수 덩어리." ㅎㅎ 똥 덩어리가 아니길 천만 다행이다.

만약 죽을 날이 얼마 남지 않았다면 아내에게 뭐라 말할 것인가. "여보, 나 죽더라도 절대 재혼하지 마. 혼자가 최고야!", "아이들하고 꿋꿋이 행복하게 살아", "이 세상 놈들은 다 도둑놈이야", "재혼해봤자 늙다리 뒤치다꺼리나 할 걸." 이렇게 말할 것인가, 아니면 새 출발을 간절히 기원할 것인가.

"한평생 사랑했어, 고마워", "새 사랑 만나 멋진 출발해", "행복하고, 행복해!", "당신 두고 먼저 떠나 미안해, 미안해~~", 어떤 말을 할지는 사랑의 깊이에 달려 있을 것이다.

사랑은 양방통행이다. 오고 가는 감정이 공감을 이뤄 서로가 그것을 느낄 때 진정한 사랑이라 말할 수 있다. 일방통행은 사랑의 흐름을 엉뚱한 방향으로 이끈다. 어떤 말을 해도 막힘없이 주고받을 수 있는 편한 친구 사이와 같은 소통이 사랑을 두텁게 한다.

불통은 사랑을 깨부수는 확실한 무기다. 무기의 주성분은 말이다. 막 내뱉은 말이 부부의 사랑을 깬다. 절대로 해선 안 될 말이 있다.

"됐어, 그만하자", "당신이랑 결혼한 거 진짜 후회해", "자기랑 사는 거 지긋지긋해", "당신 집에서 뭐 하는 사람이야?", "누구 아빠는 집안일을 그렇게 많이 도와준대", "몸매 관리 안 해? 이제 그냥 아줌마네", "너의 집에서 그렇게 배웠어?", "뭐가 그렇게 잘났는데?", "당신은 부모 자격도 없어", "네가 부모야?", "아이가 뭘 보고 자라겠어?", "다른 사람은 안 그런데 당신은 왜 그래?", "이혼해!"

마지막 "이혼해!"라는 말은 그만 살자는 최후통첩이다. 갑자기 저런 말이 터져 나올 리 없다. 상대를 향해 던진 비수 같은 말은 자신을 향해 되돌아온다.

부부의 백년해로는 하늘의 별따기다. 로또 당첨보다 힘들다. 그런데 부부는 그 힘든 일을 해 나간다. 한번 써 보라. "내 남편과 결혼할 분을 찾습니다", "내 아내와 결혼할 분을 찾습니다." 쓸 수 있겠는가, 무엇이라고 쓸 것인가?

삼청동 카페의 얼음조각 수박주스

"나에게 그것들이 없었다면 나는 얼마나 그것을 갈망했을 것인가."

"Thank you(땡큐)", "ありがとうございます(아리가토 고자이마스)", "谢谢您(셰셰닌)", "Gracias(그라시아스)", "Merci(메르시)", "감사합니다", 나라마다 표현은 달라도 '감사(感謝)'에 깃들어 있는 고마움만큼은 다르지 않다.

누구나 사는 동안 너무나 많은 감사의 순간을 맞는다. 불볕더위가 아스팔트를 녹이던 어느 여름날, 종로구 삼청동의 좁은 골목 위 카페에서 회사 임원과 함께 외부 인사들을 만났다.

골목길을 따라 높은 언덕으로 한참 올라가서야 그 카페를 만날 수 있었다. 그렇다 보니 찾기가 쉽지 않았다. 카페에서 멀리 떨어진 큰길까지 마중을 나와 외부 인사들을 몇 차례 안내했다. 몇 걸음 안 걸었는데도 줄줄 흐르는 땀에 와이셔츠 등판이 얼룩져 갔다.

미팅을 시작한지 얼마 지나지 않아 외부 인사가 자신의 인터넷

메일함의 문서자료를 출력해 달라는 부탁을 했다. 편의점과 문구점을 비롯해 삼청동의 카페 골목 이곳저곳을 분주히 뒤졌다. 어린이집에까지 찾아가서 출력을 호소했으나 돌아오는 답은 모두 한결같았다. "여기서는 할 수 없는데요."

뙤약볕은 점점 더 내리쬤고, 시간은 속절없이 흘렀다. 그때 눈앞에 삼청동 주민센터가 보였다. 무작정 들어가 센터의 직원에게 전후 사정을 이야기했으나 공공기관에서는 개인의 자료를 출력해 줄 수 없다는 말만 되돌아왔다.

그럼에도 염치불구하고 애원했다. 한참을 망설이던 직원이 드디어 움직였다. 센터 컴퓨터의 공공 네트워크 로그인이 아닌 다른 방식으로 접근해 문서 자료를 출력해 주었다. "감사합니다, 감사합니다!"를 연신 외치며 인사한 뒤 다시 언덕 위 카페로 뛰어갔다.

제때에 못 맞추면 아무 소용없는 일이었다. 다행히 미팅이 끝나기 전에 인쇄물을 전달할 수 있었다. 땀에 젖어 후줄근한 윗도리처럼 마음마저도 후줄근한 오후였다.

그때 카페의 종업원이 미소를 지으며 조각 얼음이 가득한 수박 주스를 서비스로 건네주었다. 우연찮은 곳에서, 우연찮게 연속으로 큰 감사를 받았다. '사람과 사람' 사이에는 '과'만 있는 것이 아니라 '보이지 않는 사랑'도 있었다.

"나에게 그것들이 없었다면 나는 얼마나 그것을 갈망했을 것인

가를 생각해보고 감사하게 여겨라.”『명상록』을 남긴 마르쿠스 아
우렐리우스의 말이 꼭 이 같은 상황을 염두에 둔 듯하다.

눈이 먼 아버지 심봉사는 인당수에 던져졌던 자신의 딸 심청이
를 다시 만났을 때 너무도 놀란 나머지 두 눈을 번쩍 떴다. 세상을
환히 볼 수 있게 된 심봉사의 감격이 어떠했을지를 짐작할 수 있다.
반면에 멀쩡했던 두 눈이 점차 시력을 잃게 돼 앞을 볼 수 없게 된
다면 큰 불행이 아닐 수 없다.

그런데 우리들은 한쪽 눈이라도 남아 있어 세상을 흐릿하게나마
볼 수 있는 것이 얼마나 감사한 일인지를 잊고 산다. 지금 양쪽 눈으
로 세상을 환히 볼 수 있는 것은 매우 큰 행복이지만 너무도 당연하
고 평범한 것으로 취급하고 만다.

“만일 다리 하나가 부러졌다면, 두 다리가 모두 부러지지 않은
것을 하늘에 감사하라. 만일 두 다리가 부러졌다면 목이 부러지지
않은 것에 감사하라. 만일 목이 부러졌다면, 더 이상 걱정할 일이 없
어진 것이다”라는 유태인 속담이 있다.

엄청난 역경이 찾아 와도 그것이 최악이 아닌 것에 감사해야 한
다. 살아 숨 쉬고 있다면 무엇이라도 할 수 있다는 것에 깊이 감사해
야 한다.

우리 주위를 둘러보면 감사할 일들이 천지다. 엘리베이터의 문
열림 버튼을 누른 채 기다려 준 그 아가씨, 부르기만 하면 언제라도

달려오는 오랜 친구, 자신의 속도를 늦춰 끼어들기를 허용해 준 택시 기사, 앱 하나만 눌러도 현관문 앞까지 배달되는 각종 음식과 식재료들, 모두모두 감사할 일이다.

감사를 낭비한다 해서 결코 누가 뭐라 하지 않는다. 펑펑 쓰면 쓸수록 좋은 것이 감사다. "감사합니다", "고맙습니다"를 외치면 외칠수록 행복이 가득해진다. 아침에 눈 뜰 수 있어 감사하고, 밤에 편히 잠들 수 있어 감사하다.

마음속에 고마운 마음, 감사한 마음이 가득 차 있는 사람이 진정으로 행복한 사람이다. 세상에서 가장 지혜로운 사람은 배우는 사람이며, 세상에서 가장 행복한 사람은 감사하는 사람이다.

삶의 진리를 찾지 못해 방황하던 한 제자가 노스승에게 물었다. "스승님, 세상의 온갖 스트레스를 없애는 딱 한 가지의 비결이 무엇입니까?"

노스승의 대답은 간단명료했다.

"감사!"

전설의 탄생

'전설'은 결코 홀로 만들어지지 않는다. 전설은 관심과 배려로 탄생한다.

영국 리버풀 FC의 심장이자 영원한 캡틴, 스티븐 제라드. 그는 1998년 11월 블랙번 로버스전 경기서 리버풀 선수로 첫 데뷔한 이후 17년간 한 팀에서만 뛴 '원클럽맨'이다.

그는 프리미어리그만 우승하지 못했고 FA컵 2회 우승, 리그컵 3회 우승, 유럽축구연맹(UEFA) 챔피언스리그(2004~2005) 우승 등 수많은 트로피를 들어 올렸다.

그는 2015년 5월 리버풀의 홈구장인 안필드에서 마지막 고별 경기를 가졌다. 리버풀 팬들은 'CAPTAIN', 'S8G'(SG는 스티븐 제라드 이름의 첫 글자, 숫자 8은 그의 등번호)가 적힌 대형 카드 섹션을 펼쳐 보였고, 제라드 응원가인 'You'll never walk alone(당신은 결코 혼자가 아니다)'을 열창하며 한 영웅의 퇴장에 아낌없는 박수를 보냈다.

세 딸과 경기장으로 입장하는 영웅의 마지막 길에는 동료 선수들은 물론 상대방 선수들까지도 양쪽으로 나란히 서 제라드와 악수를 하며 아쉬운 작별을 했다.

더 많은 돈을 벌기 위해 다른 팀으로 이적하는 것이 흔한 프로 세계에서 제라드는 오직 한 팀만을 위해 자신의 청춘을 바쳤다. 팬들은 그를 '영웅'이라 불렀고 '전설'이라고 말했다.

제라드 보다 1년 앞서 은퇴했던 미국 메이저리그(MLB) 뉴욕 양키스의 마리아노 리베라와 데릭 지터, 그들의 작별 의식도 위대했다.

마리아노 리베라는 MLB 통산 최다 세이브(654개)를 기록한 투수다. '양키스의 수호신'이라 불렀던 그를 항상 껄끄럽게 여겼던 미네소타 트윈스팀. 트윈스는 그의 마지막 원정 경기에 맞춰 부러진 방망이들로 흔들의자를 만들어 선물했다. 그 의자에는 '부러진 꿈들'이란 글자가 새겨져 있었다. "리베라 당신 때문에 우리의 우승 꿈이 늘 좌절됐어"라는 애교 섞인 작별의 메시지였다.

데릭 지터는 월드시리즈 5회 우승, 올스타 13회 선발, 실버슬러거와 골드글러브를 각각 다섯 번씩이나 수상한 대기록의 사나이이자 뉴욕 양키스의 영원한 캡틴이었다.

그가 은퇴를 앞두고 LA 에인절스팀과의 원정 경기에 나섰다. 에인절스 구단은 지난 20년간 최선을 다했던 데릭 지터의 활약상을 야구장의 대형 전광판을 통해 소개했다. 영상이 나오는 동안 에인절스 선수들과 모든 관중들은 기립 박수로 한 영웅의 수고에 아낌없는 찬사를 보냈다.

전설을 떠나보내는 그들만의 의식은 무한 감동이었으며, 그들의 선수 생활이 얼마나 가치 있었는지를 확인시켜주는 세레모니였다. 그에 화답하듯 손을 흔들며 퇴장하는 영웅의 모습은 아름다운 한 편의 동화와 다를 바 없었다.

자신의 소임을 다한 사람을 멋지게 보내는 의식은 늘 감동적이다. 그러나 우리들의 이별 의식은 너무 각박하다. 뭐 그리 대단하냐고 난리법석이다. 그런 무심함에 많은 전설들이 쓸쓸히 떠나고 곧 잊어지고 만다.

다만 힘센 자들이 떠날 때는 그렇지 않다. 장·차관급 인물이나 주요 정부기관의 수장들이 떠날 때 그곳의 직원들이 도열해 꽃다발을 건네고 열렬한 박수로 환송한다. 떠나는 인사들 대부분이 짧게는 몇 개월, 길어야 2, 3년 안팎인데도 시끌벅적하다.

하지만 무명의 아무개들은 대부분 소리 없이 잊힌다. 한 직장서 젊음과 열정을 오롯이 불태웠어도 말없이 고이 보내 드린다.

우리들은 영웅을 싫어하고 전설을 만들지 않는다. 용기와 희망의 신화를 배척한다. 그런 사회는 삭막하고, 사람은 메마르다.

수천 년의 역사를 지닌 우리나라에서 영웅다운 영웅 칭호를 받는 이는 광화문 광장에 살아 숨 쉬는 세종대왕과 이순신 장군, 달랑 두 명 뿐이다.

예우 받는 영웅들이 많은 사회는 풍요롭다. 영웅들의 모범적 삶은 모두의 거울이 된다. 그들로부터 희생과 도전정신, 그리고 올바름을 배울 수 있는 기회가 되기 때문이다.

어마어마한 인물만이 영웅이 아니다. 우리 사회의 평범한 이웃도 얼마든지 영웅이 될 수 있다. 우리가 외면만 하지 않는다면 말이다.

모두가 영웅을 꿈꾸는 사회라야 미래가 밝다. '전설'은 결코 홀로 만들어지지 않는다. 전설은 관심과 배려로 탄생한다. 영웅이 많은 사회가 행복하다. 보고 배울 수 있는 것들이 많기 때문이다. 우리는 영웅을 만들지 않는다. 그리고 전설도 없다.

글쓰기로 행복 에너지를 선물하고 싶었다. 어느 한 명이라도 작은 미소를 짓길 바랐다. 나의 소망을 담은 버킷리스트 중의 하나가 책 내기였다.

버킷리스트는 자신과의 약속이다. 그 약속을 지키기 위해 서툰 솜씨로 원고지 한 장 한 장을 채워 나갔다.

그러는 동안 변화가 일어났다. 이왕 쓸 것이라면 누군가에게 선한 영향을 끼치고 싶다는 욕심이 꿈틀거렸다. 그래서 마음먹었다. 긍정의 삶을 이야기하고, 좋은 생각을 말하고, 꿈을 그리기로 했다.

그러나 참 쉽지 않았다. 내 삶의 미천한 경험을 누군가와 나눈다는 게 매우 힘들다는 것을 깨달았다. 멈추고 싶었다. 하지만 결코 멈추지 않았다.

4인 가족끼리 부대끼며 살아온 소소한 일상과 한곳으로만 줄곧 28년째 출퇴근하며 쌓아온 경험을 어느 한 사람이라도 공감할 수 있으리라 믿었기 때문이다.

또한 청춘의 시절과 인생의 중반기를 넘어서는 동안 겪었던 수많은 이야기들이 이 시대의 젊은이와 동년배들에게 희망과 행복의

샘물이 되어 타는 갈증을 조금이라도 해소시킬 수 있으리란 기대로 글쓰기를 멈출 수가 없었다.

그럼에도 글을 쓴다는 것은 창피한 일이었다. 쓰고 난 후 읽어 보니 술에 취해 밤새도록 쓴 연애편지 같았다. 도저히 애인에게 보낼 수 없어 쓰레기통에 던져 버렸던 그때의 기억이 떠올랐다.

그래서 정신을 가다듬고 다시 시작했다. 쓰고 지우고, 쓰고 지우기를 반복했다. 그럼에도 크게 달라진 점은 없었다. 이유는 너무나 간단했다. 나란 그릇의 크기가 바로 그 정도밖에 안 되기 때문이었다.

그래도 미련하게 밀고 나갔다. 엉덩이를 붙들어 매고 밤새 원고지와 싸웠다. 한 장이 두 장으로, 두 장이 열 장으로, 열 장이 부풀어 올라 책 한 권으로 엮어졌다.

도중에 멈추고 싶었으나 결코 멈추지 않았다. 나같이 별 볼일 없는 사람도 뭔가를 이뤄내야만 또 다른 누군가도 나를 보며 더 큰 용기를 갖고 도전할 수 있을 것 같았기 때문이었다.

그렇기에 나의 이야기를 진솔하게 담았다. 미성숙한 부분을, 불완전한 상태를 감추지 않고 모두 드러냈다. 나의 부족한 부분에 대해 독자들이 답습하지 않기를 바랐다.

이 책의 어느 한 구절, 또는 어느 한 이야기가 독자 여러분의 삶이 조금 더 나아지도록 도움을 줄 수 있다면 그것으로 만족하고, 감사히 여길 것이다.

모두가 너그러운 마음으로 읽어주셨으리라 믿는다. 이 글을 읽어주신 모든 분들께 진심으로 감사드린다.

소중한 시간을 내어 주신 독자 여러분들께 깊이 감사드립니다. 또한 내 삶의 버팀목인 사랑하는 아내와 아이들, 그리고 늘 응원을 아끼지 않는 회사 동료들과 나를 아는 모든 분들의 한없는 사랑에 감사드립니다.

큰 관심을 갖고 한 권의 멋진 책으로 출간해 주신 푸른솔 출판사 대표님과 관계자분들께도 진심으로 감사드립니다.

"감사하고, 감사합니다."